JONATHAN CÓRDOBA FALLAS

UN LUGAR OLVIDADO POR DIOS

CASTILLO: Un lugar olvidado por Dios.
Copyright © 2023, Jonathan Córdoba Fallas.

Primera edición: octubre, 2023.
ISBN: 9798862817751

Diseño, edición y maquetado: Jonathan Córdoba Fallas.
Diseño de portada: Jonathan Córdoba Fallas
Producción: Jotacecr Producciones

Teléfono: 8982-1105
Instagram: jonathan_cordoba_escritor
Correo electrónico: jotacecr05@gmail.com

©Todos los derechos reservados conforme con la Ley de Derechos de Autor y Derechos Conexos. Prohibida su reproducción total o parcial sin autorización del autor por cualquier medio.

Todo lo narrado en este libro obedece a la ficción. Las situaciones acá descritas, lugares, nombres y personajes son producto de la mente del autor. Cualquier similitud con alguna persona, viva o muerta, lugares o hechos son meramente obra de la casualidad.

Hecho en Costa Rica
Impreso en Estados Unidos

A mis tres amores: Rosanna, Mariano y Julián.

"Los pueblos extraños tienen una manera única de hacer que los forasteros se sientan bienvenidos... antes de mostrarles su verdadero rostro."

– Stephen King
La Tienda

ÍNDICE

PREFACIO 9

PRÓLOGO 11

SEÑORITA CASTILLO 13

CAMBIO DE PLANES 33

SEGUNDA MANO 41

STARBOOKS 97

EL CRUCIFICADO 111

LA LUZ 123

LA ULTIMA CAMPANADA 125

DIABÓLICA 127

LA ROPA TENDIDA 135

LA PREPOTENCIA DEL LÍDER 143

CASTILLO 151

AGRADECIMIENTOS 159

PREFACIO

Existe un lugar alejado de todo, donde los susurros del viento y el murmullo de las hojas danzan al unísono en la carretera que lleva hacia él. Donde a lo largo de los años han ocurrido eventos que desafían toda lógica y explicación racional, sucesos que ningún otro lugar desearía tener escritos en los anales de su historia. Ese lugar se llama Castillo.

Este libro, que hoy tienen en sus manos, es una invitación a adentrarse en las sombras de Castillo y descubrir las historias que se ocultan detrás de sus casas, edificios, caminos y paisajes. Once historias contadas de forma retrospectiva, cada una más intrigante y enigmática que la anterior, les llevarán a un mundo donde lo sobrenatural se entrelaza con lo cotidiano, donde lo fantástico se convierte en parte de la vida diaria y donde lo macabro acecha en cada esquina.

Prepárense para adentrarse en las calles siniestras y los oscuros callejones de Castillo. Acompañen a nuestros protagonistas en su diario vivir a través de los años, mientras enfrentan lo inexplicable y se adentran en lo insondable. Cada historia que encontrarán en este libro, contado a la inversa, es una ventana a un mundo de misterios y terrores que solo Castillo puede ofrecer.

Atrévanse a cruzar el umbral de lo conocido, donde la realidad y la fantasía se entrelazan en un abrazo eterno. Pero, tengan cuidado, pues una vez que entren en este mundo, puede que nunca quieran volver a salir.

Bienvenidos a Castillo, donde lo misterioso, lo sobrenatural, lo fantástico y lo macabro tejen una red inquebrantable en la trama de la vida cotidiana.

Jonathan Córdoba

PRÓLOGO

Sean honestos conmigo ¿Están leyendo esto en el baño? ¿En la parada del bus? ¿En el tren? ¿Mientras toma café? ¿En el trabajo? Si es así, los insto a continuar con lo suyo mientras leen.

De hecho, creo que le va muy bien a este libro, porque la cotidianidad es uno de los fuertes de Jonathan cuando escribe y me parece apropiado que inicien esta aventura desde un lugar donde se sientan cómodos.

Ustedes están por entrar a Castillo, y les aseguro que no saldrán de la misma manera. Al principio, serán recibidos por sus habitantes con una cálida bienvenida, pero, al adentrarse en este libro sentirán una estocada directo a las entrañas, que se quedará con ustedes para siempre.

Espero que esté preparados para sentir el miedo en este pueblo olvidado por Dios.

Le Fernández

SEÑORITA CASTILLO
(2037)

Aún quedaban vestigios del sol sobre el horizonte; el tono naranja daba paso al azul oscuro que iba poniendo fin al hermoso celaje. Un grupo de jóvenes, hombres y mujeres, jugaban al futbol en una pequeña plaza improvisada dentro del campamento, mientras aun alcanzaba la luz.

Dos estacas a cada extremo del campo, que hacían de asimétricas porterías, y una desgastada y deforme pelota, tenían la misión de servir de terapia para los miembros del grupo tras las últimas semanas de batalla dentro de un mundo sumido en el caos y la desesperación.

El sonido de una pequeña explosión paralizó el movimiento de todos en el lugar. Como resultado de una patada poderosa de uno de los muchachos, la pelota no soportó más y estalló en el aire, causando un gran susto en el campamento y dando por terminado el partido antes de tiempo. Los restos de la esfera volaron unos metros de más, hasta caer en los pies de Bernon que, inútilmente, devolvió al campo de juego.

—Me parece increíble que, diez años después, estemos disfrutando del juego que arruinó al mundo —le dijo a Annariva, la más nueva en el campamento.

—Cuando empezó yo no estaba en el país, pero tan pronto se puso complicado el mundo, hice hasta lo imposible por volver —suspiró—. En mi lugar natal dicen que quien sale de Castillo siempre regresa, de alguna forma regresa. Y yo pretendía romper esa "ley", pero heme acá, buscando la forma de llegar a la casa de mis padres.

En el 2026, Canadá, Estados Unidos y México albergaron el mundial de futbol masculino, donde más de 7 millones de aficionados, de todos los países, acudieron a la mayor cita futbolística del planeta. Dicha actividad se convirtió en la excusa perfecta para que los norcoreanos testearan un virus que ayudaría a reducir considerablemente la población mundial. Pero algo salió mal. Un mes después de terminado el torneo, el mundo estaba hecho un desastre. Ningún gobierno, ni siquiera el norcoreano, estaba preparado para lo que se vino. Desde entonces el mundo no ha sido mismo.

Una década después, la población de rabiosos había mermado, volviéndose con el tiempo una plaga relativamente controlable, pero dando paso a un problema mayor: el restablecimiento del orden. Ante la ausencia de gobiernos, la anarquía tomó posesión del mundo, la ley del más fuerte prevaleció. La presencia de un rabioso era un mal menor. Ahora, clanes violentos arrasaban con comunidades y campamentos, tomando posesión de todos los bienes por la fuerza, matando a quien se opusiese o, en el peor de los casos, sometiéndole a la esclavitud.

—¿Castillo? Nunca lo había escuchado —dijo Bernon, encogiendo los hombros— ¿Dónde queda?

—Según mis cálculos —hizo una pausa para contestar—, no muy lejos de donde estamos. El problema es que Castillo está escondido, sólo quien va allá lo encuentra. Si vas a otro lugar, nunca verás el desvío. Es como si el mismo pueblo tuviera control de quién llega ahí.

—O quizá Dios los lleva por alguna razón en particular.

—Castillo es un lugar olvidado por Dios, o eso solía decir el viejo cuidador del lugar donde yo trabajaba. Aunque ahora parece que todo el mundo ha sido olvidado por Dios.

—Qué frase tan alentadora —dijo Bernon con sarcasmo— ¿Y por qué deseas regresar? Si antes ya Nuestro Señor lo había dejado de lado, no quisiera imaginar cómo estará ahora.

—No lo sé. Sólo siento que debo regresar. Como si una voz dijera mi nombre a lo lejos.

—*Annariva, Annariva* —dijo con voz fantasmal.

—No. Mi verdadero nombre —se detuvo a pensar—. *Annariva* es mi nombre artístico, me lo puso mi novio cuando me fui a Europa. Él creía que era más atractivo que...

—¡*Bernon*! ¡*Bernon*! —la comunicación por el *walkie-talkie* interrumpió la plática—. *Divisamos una horda de rabiosos un kilómetro al sur. No sabemos si van hacia el campamento.*

—Entendido, vamos para allá.

Si bien, era una cantidad fácil de manejar, pelear con la noche encima no era muy seguro y el mínimo alboroto que genera un encuentro de este tipo podía llamar la atención de algunas otras criaturas hambrientas que se encontrasen dispersas en los alrededores. Bernon y los demás no podían fiarse de que la pequeña manada de monstruos tomara otro rumbo.

Bernon era el líder de al menos 25 personas que integraban el campamento. Él era el último sobreviviente de un grupo numeroso que había empezado en la capital y que, a lo largo de este tiempo, había visto pasar cientos de miembros de todo tipo; desde valiosos colaboradores y cobardes inútiles, hasta miserables seres humanos y revoltosos agitadores. Su experiencia y edad le habían llevado a tomar el cargo y mantener al grupo con vida. En cambio, Annariva, tenía escasas tres semanas de haberse integrado a la pequeña comunidad nómada.

Tras varios años afuera del país, había tomado el último vuelo disponible antes de que cerraran todas las fronteras a causa de la pandemia de rabiosos tras el mundial de futbol. Su vuelo no alcanzó a llegar a tiempo y tuvo que aterrizar en un aeropuerto clandestino del país vecino. Tras varios días oculta en la montaña pudo cruzar, ilegal y arriesgadamente, la frontera, dando inicio al periplo para regresar a Castillo. Durante todo este tiempo deambuló de grupo en grupo, en algunos por más tiempo que en otros, ya fuera porque sucumbían ante las hordas o los grupos enemigos, o porque se dirigían hacia lugares más lejanos que el que ella tenía como necesidad. Y así, poco a poco fue adquiriendo la destreza para lograr mantenerse con vida.

Bernon, Annariva y el grupo de hombres salieron al paso de los rabiosos para evitar que llegaran lo más cerca del campamento. Los toparon en una zona despejada de árboles y los enfrentaron. En menos de diez minutos, la banda de caminantes se redujo a unos cuantos cuerpos decapitados.

Con la luz del día, el grupo regresó al lugar para realizar un barrido y cerciorarse de que no hubiese quedado algún rabioso merodeando. Bernon observó los cuerpos decapitados y sus cabezas, y muy preocupado les preguntó:

—Equipo —así llamaba Bernon a sus hombres—, ¿notan algo?

El grupo guardó silencio mientras mapeaban el escenario.

—Miren sus cuerpos —dijo con preocupación, señalando a las criaturas—. No tienen mucho de haberse transformado.

—Debieron ser de otro campamento y los sorprendió algún rabioso —sugirió uno de equipo.

—Me temo que fue algo más grave —acotó Bernon, dándole vuelta a uno de los cuerpos—. No parecen tener marcas de mordeduras, pero sí de disparos. Y nosotros no usamos nuestras armas.

—¡Saqueadores! —exclamó el equipo como si fuera un coro.

—Revísenles los bolsillos por si portan algún objeto que nos pueda servir y quítenles los zapatos —ordenó Bernon—. Algunos en el campamento van a necesitarlos.

—Eso quiere decir que debemos buscar otro lugar, ¿verdad? —preguntó otro de los miembros.

—Es lo mejor —respondió el líder—. Tendremos que retomar el plan de viajar hacia el norte.

Esa última frase le desestabilizó a la castillense. Sabía que el campamento estaba asentado no muy lejos de Castillo, pero con dirección al oeste. Y estaba segura que Bernon jamás aceptaría desviarse tanto, más aun, sabiendo que la zona norte del país parecía tener más probabilidades de estar exenta de estas máquinas comedoras de carne humana, tanto por el frío como por la altitud, y es bien sabido que los rabiosos no son, para nada, buenos escaladores. En cambio, Castillo se encontraba en la llanura, rodeado de bosques y, a pesar de estar escondido, tenía todas las características de una zona urbana.

Tan pronto llegaron al campamento, se dio el aviso de preparar todo para partir a la mañana siguiente. Annariva se dirigió a su tienda y comenzó a empacar las pocas pertenencias que tenía. Cuando salió, Bernon la esperaba afuera.

—¿Estás bien? —preguntó Bernon— No pude evitar ver que estabas molesta allá afuera.

—No pasa nada.

—Vendrás con nosotros, ¿verdad?

—No lo creo. Mi propósito es llegar a Castillo. Me habría gustado que el grupo se dirigiera hacia allá, pero, lastimosamente no es el norte.

—Has demostrado ser un buen miembro para este grupo: valiente, inteligente, con actitud. No dudo que puedas llegar sola a Castillo, pero es probable que tu pueblo no se encuentre en el estado que esperas. Realmente me encantaría que nos acompañaras al norte.

Annariva ya había tomado una decisión, por eso guardó silencio.

—No sé realmente cómo funciona eso que dices de que "todos regresan a Castillo" —cuestionó Bernon—, o cuál es tu necesidad de volver allá, como si fueras a cambiar algo, pero recuerda: vivimos una época donde esto no se trata de una misión de rescate ni de jugar a ser héroes, se trata de sobrevivir.

Dicho esto, el líder dio media vuelta y continuó dando órdenes a los demás.

Annariva comenzó a ajustar los cordones de sus botas para tratar de salir tan pronto como le fuera posible y buscar un refugio seguro antes del anochecer. Desde la última vez que caminó sola había pasado más de un año, lo hizo por cerca de un mes y sabía que no era nada sencillo deambular sin compañía rodeada de esas criaturas o de los saqueadores, pero tenía plena seguridad que esa experiencia le serviría llegar hasta Castillo. Mientras daba el último ajuste, una chica se paró frente a ella. El sol en su espalda ocasionaba una negra silueta de modo que Annariva, al levantar la mirada, no pudo identificar el rostro.

—Yo sé quién eres —dijo la joven con voz tímida—, mi mamá era fanática tuya.

—¿Ah sí? —preguntó con cierta alegría, al saber que todavía era recordada.

De pronto, un curioso sonido interrumpió la charla. Annariva sintió como si algo le salpicara el rostro. Pensó que quizá la joven no tenía un recuerdo agradable de ella y por ese motivo le escupió. Encolerizada por tan desagradable gesto, se levantó y encaró a la joven. Para su sorpresa, la chica le volvió a salpicar la cara, pero con sangre. La pobre muchacha estaba petrificada con la punta de una flecha saliendo por su garganta.

—Aarrrgghhh —guturó, para luego desplomarse ante la mirada atónita de Annariva.

Tras esto, gran cantidad de detonaciones, acompañadas de gritos, comenzaron a escucharse en el campamento. Un grupo bastante numeroso de saqueadores se había hecho presente en el lugar, trayendo consigo unos tres rabiosos para que sirvieran de obstáculo a sus víctimas. El caos se había desatado. Annariva se encaramó la mochila dispuesta a buscar un punto seguro para protegerse y ver si le era posible defender el campamento. Detrás de una de las tiendas, encontró un lugar que le daba esa posibilidad y comenzó a observar todo el movimiento. Su pistola tenía quince tiros, insuficientes para detener a esa manada de salvajes que, a simple vista, los superaban dos a uno. La castillense supo que no tenía más opción que retirarse hacia el bosque, como muchos ya lo habían hecho, pero la voz de Bernon la frenó.

—¡Malditos! —exclamó, mientras disparaba de forma aleatoria hasta quedarse sin munición.

El hombre estaba perdido. Tenía frente a sí, a cinco hombres que le apuntaban con sus armas y un rabioso sin brazos que traían atado a una cadena. Le ordenaron que se pusiera de rodillas y lentamente fueron acercándole al monstruo. Jugaban con él como quien lo hace con una mascota, dejándolo a centímetros de la cara de Bernon. Dos disparos certeros acabaron con la vida de un par de esos hombres, logrando dispersar a los otros tres.

Desde su trinchera, Annariva había logrado darle a su líder una oportunidad de escapar, pero, al replegarse, los saqueadores dejaron suelto al rabioso que inmediatamente buscó Bernon, tratando de saciar su apetito. Annariva corrió hasta él y, a pesar de ser una mujer menuda, logró abalanzarse sobre el caminante para quitárselo de encima, cayendo ambos sobre una de las tiendas. Tras un forcejeo, la joven dio un tiro en la cabeza a la criatura y puso fin a la pelea, mientras que Bernon fungía como testigo de aquel valiente hecho. Luego de recomponerse, los dos buscaron alejarse del lugar para dirigirse a un punto secreto que con anterioridad habían escogido los del campamento, en caso de que algo así llegase a pasar.

La mitad del grupo sucumbió al ataque, la otra mitad logró llegar al refugio temporal, dejando en manos de los saqueadores la mayor parte de sus pertenencias. Bernon lucía desanimado, se había quedado tan solo con el *walkie-talkie* y el amargo sabor de haber perdido esa batalla. Annariva, tras su desenvolvimiento, se sintió envalentonada para buscar el camino a Castillo, aunque algo le perturbaba.

—Me salvaste Annariva —agradeció Bernon, estrechándole la mano.

La chica sonrió y entregó el arma que portaba. Sabía que el grupo, o lo que quedaba de él, la iban a necesitar más.

—Te debo una, "señorita Castillo" —exclamó el líder—. Espero que algún día nos volvamos a encontrar para saldar esta deuda.

—Espero que no —dijo en tono gracioso la joven y se retiró.

Annariva dio unos pasos y miró hacia el cielo tratando de ubicar el oeste según la posición del sol. El grupo de Bernon terminaba de reponerse del vendaval que había sufrido para partir en dirección norte. Ninguno de los dos tenía plena seguridad de las cosas que fueran a encontrarse en el camino, pero quedarse en ese sector era lo peor que podía hacer.

Pasado el mediodía, Annariva se detuvo bajo la sombra de un árbol a la orilla del riachuelo, para descansar del sol inclemente. Se quitó la camisa y la sumergió en el agua para luego limpiar la herida que aquel caminante le había propinado tras quitárselo de encima a Bernon. La chica sabía que el monstruo sin brazos la había logrado morder, pero evitó decir algo al respecto para evitar problemas. Lastimosamente, posterior a recibir una mordida por parte de un rabioso, había muy poco que hacer. La amputación era un recurso que sólo funcionaba al momento de la mordida, siempre y cuando fuera en alguna extremidad, pero, en el caso de Annariva, el daño se encontraba entre el cuello y el hombro.

No tenía idea de cuánto iba a durar, ni si podría llegar a tiempo a Castillo. Le aterraba morir a medio camino y pasar a engrosar las filas de aquellos desgarbados engullidores de carne humana, vagando por la tierra hasta que alguien acabase con su estado. Tampoco deseaba convertirse en victimaria y desde ya pensaba en la manera de dar fin a su vida de forma que no llegara a mutar en rabioso, pero la pistola, que parecía ser la única salida eficaz, la había entregado a Bernon.

El camino a Castillo era largo, así que el descanso no pasó de unos breves minutos y rápido se levantó para seguir andando.

Daba pasos raudos para aprovechar las horas de luz que restaban y poder encontrar un lugar seguro para pasar la noche. Caminaba por un sendero paralelo a la carretera que le daba la facilidad de ocultarse en caso de que algún vehículo se aproximara. Más allá de los rabiosos, el mayor peligro que podría toparse eran los mismos seres humanos.

El lugar por donde iba se mantenía en remanso. El viento pasaba entre la copa de los arboles provocando un sonido casi musical, o quizás era su mente recordando tiempos pasados. Estaba exhausta, sus piernas ya casi no le respondían y los efectos de la mordida empezaban a molestarla. De pronto, un gruñido hizo que se tirara al suelo. Adelante venía un rabioso en sentido contrario: desgarbado, putrefacto y con un enorme hueco en el estómago. Annariva no se explicaba cómo demonios se mantenía en pie. La experiencia le había enseñado que estas criaturas tenían una duración entre cuatro y cinco años dependiendo de la zona donde estuviesen; entre más caliente el lugar, se deterioraban más rápido, pero en zonas más frías se volvían más lentos y menos letales. Por eso Bernon y su grupo buscaban el norte.

Annariva sacó con cautela la navaja que traía en su pantalón, esperando tener de cerca al rabioso para inhabilitarlo sin hacer mucho ruido, pues no sabía si andaba acompañado o se había separado de alguna masa. Casi en sus narices, notó que aquel decrépito maloliente no tenía ojos, sus cuencas estaban vacías, pero eso no le impedía andar sin tropezar, era como si caminara por instinto. Cuando constató que el rabioso estaba solo, se levantó de súbito y clavó la navaja en la sien del monstruo. Estaba tan desgastado que no supuró ningún líquido, tan solo una fetidez insoportable que provocó en Annariva las ganas de vomitar, aunque dentro de su estómago no tuviese nada que devolver. Repuesta, la chica ocultó lo que quedaba del inmundo ser para no dejar evidencia de su presencia y luego buscar un lugar donde pernoctar.

El sol ya casi se escondía y la copa de cualquier árbol se presentaba tentadora para pasar la noche. No había lugar más seguro contra los rabiosos que las alturas; aunque son seres muy resistentes, estos engendros no tienen la capacidad de escalar, así que, con dificultad, logró trepar a un árbol con bastante follaje, buscó la posición más cómoda y cayó rendida. La herida que le había infligido el rabioso había comenzado a provocarle fiebre y dolor de cabeza. A pesar del frío, Annariva sentía fuego en el cuerpo: era el virus que corría por sus venas en espera de que llegara el momento de hacerse de su estructura.

El viento continuaba soplando, ella buscaba sosiego, pero la incomodidad del árbol no se lo permitía, fue entonces que le pareció escuchar sonar un piano. Algo entumida, logró sentarse en la gruesa rama que le servía como lecho y guardó silencio para tratar de descifrar si lo que había escuchado había sido culpa del viento o sólo producto del cansancio. Una vez más, las melodías de un piano aparecieron cerca del árbol. Annariva se bajó de un tirón y sacó la navaja de su bolsillo a pesar de que la oscuridad no le permitía ver más allá de un metro. El aire se sentía pesado con el olor a muerte, como si a su alrededor estuviesen mil cadáveres. Sus ojos se mantenían alerta, vigilando los movimientos en las sombras.

—Grrraaaah —sonó un gorgoreo detrás suyo y luego al frente.

Blandía su navaja lanzando movimientos erráticos con la fe de atinarle a lo que fuera que la estuviese rodeando, humano o rabioso. Hizo esto varios segundos hasta que logró incrustar la cuchilla en un cuerpo que estaba a un costado. Cuando giró para ver, palideció. A su lado estaba el viejo guarda de seguridad donde solía trabajar en Castillo, convertido en un rabioso visiblemente deteriorado. El espanto fue mayor cuando sintió que algo se posó en su hombro malherido. Torció lentamente su cabeza y vio un sucio muñón perteneciente a lo que fuera en vida una joven rubia y delgada. Ahí se desplomó. Annariva estaba derrotada, el espectáculo que tenía al frente la había dejado en shock.

Debía estar cerca de Castillo. Quería salir huyendo, pero la debilidad se había apoderado de ella, dejándola a expensas de aquellos despojos conocidos. Tirada la toalla, miró a la rubia y dio un suspiro largo, mientras que el monstruo levantaba el muñón para incrustárselo en la boca de un solo golpe, sintiendo cómo le desprendía los dientes. Entonces despertó. Se encontraba aun sobre la rama, empapada en sudor a causa de la fiebre, y esta le había provocado la pesadilla.

El sol aún no se asomaba por encima de las montañas, pero ya se dejaba ver la claridad en el cielo. Annariva, a pesar de su terrible estado, bajó del árbol y comenzó a caminar arrastrando los pies. Si bien, su mente no estaba tan lúcida, tenía muy claro que debía llegar a Castillo antes de morir. Andaba por el sendero, mareada, adolorida, desgarbada, pero algo dentro de sí le obligaba a seguir ese camino, como si supiera que era el correcto para llegar a su pueblo.

El astro comenzaba a elevarse y las náuseas le hacían devolver el estómago vacío. Quería, pero no podía más. Comenzó a trastabillar y se levantaba sin dar tregua. Sus manos crispadas, tras chocar una y otra vez en la tosca tierra, ya no tenían fuerzas para soportar su peso. Entonces su cuerpo fue a dar por última vez al suelo, dando paso al momento que tanto temía. La tímida respiración lograba levantar algo del polvo del camino, signo de que aún había arrestos de existencia en su ser. Su cuerpo yacía tendido, golpeado, cansado, adolorido, pero aun así se negaba a morir. Sus dedos intentaban moverse, como queriendo arrastrar al resto del cuerpo y ponerlo más cerca de Castillo, aunque fuera un milímetro. Los últimos segundos de vida de Annariva parecían un frágil ballet de suspiros entrecortados. Su cuerpo había quedado en una posición quebradiza, bañado en el sudor de su lucha desesperada. Su mirada, envuelta por el velo de la partida, buscaba anhelante un último destello de esperanza. Las palabras que balbuceaba se extinguían en sus labios temblorosos, apenas audibles como un susurro extinguiéndose en el aire. Sus ojos se apagaban lentamente, revelando el destino implacable que le acechaba.

 El silencio llenaba el espacio, interrumpido solo por el eco lejano de un corazón que desvanecía su latir. Así, en un suspiro final, su vida se desvaneció. Sin embargo, en el instante en que ese último suspiro abandonó el cuerpo, algo inesperado ocurrió. Annariva se elevó por encima de su cadáver en forma de un espectro incorpóreo, mientras su cuerpo inerte comenzaba a retorcerse con levedad para transformarse en una de esas horrendas criaturas.

 La calma que reinaba en el sendero era misteriosa, no se percibía el canto de las aves, no había hormigas transportando alimento hasta su depósito, ni siquiera las hojas de los árboles se movían; era como si el tiempo hubiese dejado de correr. El fantasma de Annariva se erigía sobre el terreno y miraba con detenimiento lo que hasta hace unos minutos había sido su cuerpo, procurando entender el extraño fenómeno que acababa de ocurrir.

—¡Dios mío! ¿Qué me pasa? —exclamó el fantasma con voz etérea.

Ahora era un espectro sin forma, un ente intangible. No sentía dolor alguno, no sentía sus piernas ni sus brazos, no tenía frente ni espalda, ni derecha ni izquierda. Era completamente un ser inmaterial y llegar a esa conclusión le tomó un par de minutos. Mientras tanto, aun en el suelo, su cuerpo comenzaba a abrir los ojos y emitir algunos sonidos guturales. La transformación se había completado. El cuerpo, ahora tornado en un *no muerto*, se puso en pie y se mantuvo en el mismo lugar, como si estuviese asimilando también su nuevo estado. Su piel había perdido algo de color, se notaba seca, como si se hubiese deshidratado en demasía. Sus ojos, aunque abiertos, lucían grises. Y su estructura ósea lucía encorvada. La famosa *Ley de Murphy* reza que «todo lo que puede salir mal, saldrá mal» y este era el mejor ejemplo para ilustrarla. No sólo había fracasado en su intento de llegar a Castillo, sino que ahora su fantasma se encontraba atrapado entre el mundo de los vivos y los muertos, y su cuerpo transformado en rabioso actuaba como un autómata descerebrado.

El *crack* de una rama al romperse alertó al cuerpo, algún animal debió salir de su madriguera porque no había nadie cerca. El rabioso echó a andar con pasos torpes en busca de la fuente del sonido.

—¿A dónde vas? —susurró el fantasma.

Para su sorpresa, aquel cuerpo sin vida se detuvo y le puso atención.

—¡Santo Dios! ¿Me puedes entender?

—Rrrrghhhhrggh.

El espectro de Annariva flotó hacia atrás unos metros y de nuevo llamó a su cuerpo.

—Arrgghhffffffgh —gruñó el monstruo siguiendo al fantasma.

—¡Me puede escuchar! ¡Me hace caso!

La conexión entre su espíritu y su forma sin vida era desconcertante, pero Annariva sabía que no tenía tiempo para cuestionar cómo se había dado esa situación. Tan solo pensó que, ahora como fantasma, tenía una increíble oportunidad para poder cumplir su objetivo de llegar a Castillo. Si su cuerpo era capaz de atender a las órdenes que le daba, sería muy probable que la siguiese hasta su pueblo.

—Nos queda un largo camino por delante —susurró el fantasma—. Así que, ¡andando!

Y fue de esta forma que ambas, cuerpo y espectro, comenzaron a andar por el sendero.

Durante la travesía, Annariva se iba cuestionado cómo era posible que esto estuviera sucediendo y por un instante le cruzó la idea de que aquella frase *"Quien sale de Castillo siempre regresa, de alguna forma regresa"* era más poderosa de lo que pensaba, como si algún enigmático poder, o un imán siniestro, se encargara de traer de vuelta al pueblo a todo castillense. Sería la única explicación lógica para esta situación.

Al tiempo de caminar, el cuerpo de Annariva se desvió un poco. Su fantasma le siguió el paso para ver qué pretendía hacer. A lo lejos, dos rabiosos vagaban en el paraje. El espectro le ordenó a su cuerpo que retomara el camino y este le hizo caso, sin embargo, la pareja de rabiosos ya había notado la presencia de uno de los suyos y le siguieron. El espíritu de Annariva les dio la orden de regresar por donde venían, pero estos parecían no reaccionar a su presencia.

—¡Interesante! Parece que la conexión sólo es con mi cuerpo.

Esa era una señal inequívoca de que alguna fuerza especial, misteriosa o macabra, estaba obrando para que, tanto su cuerpo como su forma etérea, regresaran a Castillo, con el agravante de que ahora eran tres criaturas las que iban por el camino provocando más ruido, con el riesgo de llamar la atención de otros sobrevivientes y que estos decidieran poner fin al trio rabioso. Al carecer, cuerpo y espíritu, de cualquier tipo de cansancio y serles indiferente si era de día o era de noche, si el sol calcinaba o la lluvia arreciaba, continuaron perennes sobre el sendero, acompañados de un cacho de luna y un cielo estrellado.

Al amanecer, desperdigados sobre el camino y alrededores, comenzaban a observarse vestigios de actividad humana: latas de comida, ropas, huellas, fogatas, etc., que daban la sensación de estar cerca de algún asentamiento. Pero también aparecían restos de cadáveres, tripas y sangre seca, advirtiendo la reciente presencia de un encuentro campal.

—Siento que Castillo está cerca —le dijo a su cuerpo—, o al menos vamos en la dirección correcta.

El cuerpo de Annariva continuaba la marcha de forma errática, como lo hacen los *no muertos*, sin la menor cadencia. Las raíces expuestas de algunos árboles por el sendero le dificultaban el andar, por eso su espíritu le indicó que continuara por el prado, aunque eso significara quedar más expuesto. Minutos después un sonido seco rompió la calma del viaje. Una trampa para osos le había atrapado el pie izquierdo. Los dos rabiosos que les acompañaban pasaron derecho y se perdieron de vista al poco tiempo.

—Desgraciados —bufó—. Si no hay lealtad en vida, qué se puede esperar en la muerte.

El cuerpo de Annariva hacía esfuerzos por seguir, pero la trampa estaba atada al suelo. Su piel, recién muerta, no había perdido mucha consistencia, y esto hacía que la dentadura filosa del artefacto no pudiera desgarrarla tan fácil. Así pasaron muchas horas hasta que llegó la noche, siempre con la preocupación de que alguien se acercara a revisar la trampa y acabara con la "vida" de un ser que no tenía vida. El fantasma de Annariva fluctuaba sobre su cuerpo, vagando en el espacio sin más que hacer, entonces, como si fuera un acto muy normal, se puso a hablar con su versión corpórea.

—Annariva, se me ocurrió ponerme a rezar, ¿sabes?, pero se me vino la frase de que Castillo es un lugar olvidado por Dios y eso ha de incluir a todos los castillenses obvio, entonces, ¿de qué me valdría ponerme a rezar? Padre nuestro que estás en el cielo... ¿estás? ¿o te fuiste? Hágase tu voluntad aquí en la tierra como en cielo... ¿y yo? Ni soy de la tierra ni soy del cielo, ¿hago tu voluntad?

—Rrrrghhrrggf —guturaba el cuerpo.

—Danos hoy nuestro pan de cada día, ¿pan?, ¡carne humana será! Y líbranos del mal, ¿del mal? ¡Ni siquiera puedo librarme de lo que soy, ni acabar con mi cuerpo para que deje de andar! ¿Amén? ¡Yo no quiero que así sea! ¡Quiero que sea de otra manera!

Esa recriminación hacia Dios, por lo que había hecho de su vida, o más bien, de su muerte, duró toda la noche, hasta que nuevamente el sol salió para presentar un nuevo día.

A media mañana, se lograba escuchar algún movimiento a lo lejos, pero no se podía divisar nada. El espectro de Annariva sintió curiosidad y pensó en ir a ver qué causaba aquel ruido, pero no estaba segura si sería buena idea dejar su cuerpo abandonado por unos minutos. Se había puesto a pensar qué pasaría si alguien acabara con su cuerpo: Ella, como un ente que era, ¿desaparecería? ¿Vagaría por la eternidad? Entonces flotaba en círculos mientras su versión rabiosa halaba con fuerza para soltarse de la trampa.

Al tiempo, el sonido se percibía más cerca, incluso se distinguían voces y eso no era para nada aliciente. Por el paraje se acercaba un grupo de cinco o seis personas, caminando rápido, como si vinieran huyendo. El fantasma de Annariva no sabía qué hacer, lo más probable es que ese grupo acabaría con su cuerpo y por ende con ella y aunque esto significaría un descanso ambas partes, estaba en la incomprensible necesidad de volver a Castillo.

—Annariva, eres un fantasma —se dijo convencida— ¡Ve y asústalos!

El ente avanzó sin reparo, lanzando gritos, aullidos y maldiciones, pero los del grupo no lo notaron y, por el contrario, cuando advirtieron a su cuerpo rabioso, corrieron hacia él. Annariva se devolvió tratando de imaginar de qué forma podría evitar que fulminaran a su otra parte, hasta que escuchó una voz que le resultó familiar. En la cola del grupo se encontraba Bernon, su antiguo líder.

Al día siguiente de que Annariva y su grupo se separaron, una pandilla de saqueadores emboscó a Bernon y sus compañeros, acabando con algunos de ellos y obligando a los demás a cambiar el rumbo, cruzándose curiosamente de nuevo con su excompañera. Cuando llegaron al cuerpo atrapado en la trampa, todos la reconocieron. El gesto de Bernon describía el cariño que le había tomado a la joven castillense. Tras unos segundos de silencio, uno de los hombres sacó su cuchillo y avanzó hasta el despojo carnívoro.

—Le quitaré la quijada para que no muerda y le arrancaré las manos —sentenció el hombre— quizá nos sirva en el camino.

—¡Alto! —ordenó Bernon—. Nadie la tocará. La conocimos en vida, y aunque esa persona ya ha desaparecido, merece nuestro respeto. Si bien, ahora es sólo un cuerpo sin mente deseando alimentarse, no quiero que ni nosotros ni ningún grupo de saqueadores llegue a vilipendiarla.

Acto seguido, Bernon sacó su cuchillo. Annariva seguía pensando en cómo detener a su amigo, pero no tenía la suficiente experiencia como fantasma para manifestarse ante ellos. Su suerte estaba echada. Fue así que, justo cuando Bernon tomaba impulso para clavar el cuchillo en la sien del cuerpo rabioso, sonó el *walkie-talkie* que llevaba en la cintura.

Durante el ataque en el campamento, la persona que llevaba el otro transmisor perdió la vida y, desde entonces, Bernon portaba el suyo por si lograba interceptar alguna otra señal, que hasta ahora no se había presentado. Annariva, recordando una película de terror que viese años atrás estando en Europa, tuvo una idea que, pensó, podría funcionar. Los fantasmas tenían la habilidad de afectar dispositivos electrónicos, y cuando vio el aparato de comunicación, hizo el máximo esfuerzo para poder intervenirlo. Bernon y su gente hicieron silencio. Solo recibían un tipo de interferencia y vagamente distinguían una voz. El intento que realizaba el fantasma de Annariva no era suficiente para comunicarse con ellos. El líder empuñó el cuchillo de nuevo, pero el transmisor interrumpió una vez más.

—Te debo una, señorita Castillo —dijo una voz femenina, pero fantasmal.

La impresión de Bernon al escuchar ese mensaje le hizo caer de rodillas frente al monstruo que, a pesar de su estado, le miraba como si estuviese solicitando misericordia. Sus hombres se miraban entre sí, preguntándose qué estaba sucediendo.

—Es ella —les dijo entre nervioso y feliz—. ¡Es la voz de Annariva! La llamé así cuando estábamos a solas antes de separarnos. ¡Es ella!

Los demás pensaron que el líder había perdido la cordura al ver a su amiga en ese estado y, aunque también escucharon el mensaje, no estaban convencidos de que se tratara de algún tipo de actividad paranormal. Bastante tenían ya lidiando en un mundo de seres aberrantes como para creer en otros del más allá.

Bernon guardó su cuchillo y con sus manos trató de abrir la trampa para sacar el pie del cuerpo de Annariva. Sus compañeros miraban atónitos el comportamiento del rabioso que, dócilmente, aguardaba a ser liberado. Ellos no sabían que el espíritu de su excompañera le había ordenado al cadáver ambulante que no atacara a Bernon.

Cuando por fin se zafó, tenía el pie severamente dañado, con el tobillo expuesto. Caminaba con más dificultad de la que lo hace un *no muerto,* pero eso parecía no ser impedimento en su propósito de llegar a Castillo. Lo que sí era un hecho es que no duraría mucho antes de que el pie se desprendiera del resto del cuerpo.

—¿La dejaras ir? —preguntó uno de ellos.

—Sí. Al igual que nosotros tiene una misión: llegar a su pueblo, a su amado Castillo.

—¿Un rabioso con una misión? ¡Bah!

—Ella me dijo que, por alguna extraña razón, todos regresan a Castillo, de alguna forma regresan. Y estoy empezando a creer que eso es totalmente cierto.

La criatura sin vida cojeaba por el pasto, pero hizo una pausa y giró el cuerpo hacia el grupo. El *walkie-talkie* de Bernon comenzó a recibir una señal entrecortada.

—*Sal-da-do* —dijo la voz, y se acabó la transmisión.

—Si ella va para su pueblo, ¿por qué no la seguimos? —preguntó uno— Quizá podamos encontrar refugio allá.

—Castillo llama a su gente y nosotros no lo somos —respondió seco el líder—. Vamos, busquemos nuestro propio destino.

Lo que acababa de acontecer en ese lugar se encontraba más allá de su entendimiento y, para no adentrarse más en esos menesteres, siguieron el camino que se habían propuesto tras su última huida.

Dos días llevaban caminando cuerpo y alma por bosques y llanuras, hasta que encontraron el camino a Castillo, aquella línea recta de dieciséis kilómetros rodeada de árboles como si fuera un túnel natural. El cuerpo de Annariva ya había comenzado a deteriorarse, su pie izquierdo había quedado atrás el día anterior cuando la piel ya no soportó más y se separó del cuerpo. Tras varias caídas, sus hombros y su cara fueron víctimas de sendos daños, provocando que lo que antes era Annariva, ahora fuera irreconocible.

El fantasma continuaba con su diatriba con Dios, alternándola con pequeñas conversaciones a su cuerpo cuando este parecía disminuir el paso. Si bien, el tiempo no existía para la Annariva etérea, su versión corpórea estaba siendo afectada por el largo caminar. Con cada paso que daba iba dejando atrás huesos, carne y piel, generando a su vez una cojera intensa, que detonaba en caídas cada vez más continuas y estas en daños lacerantes para sus manos.

—¡Vamos! —se alentaba— ¡Falta muy poco!

En tanto, el maltrecho cuerpo solo atinaba a lanzar gruñidos opacos, casi suplicantes y ya no se levantaba más del suelo, sino que se arrastraba como un reptil, eso sí, desgastando su cuerpo de a poco a causa del quemante pavimento. Las horas pasaban y ambas Annariva lograron llegar, al fin, a la entrada de Castillo.

El panorama era desolador: un lugar abandonado y destruido, colmado de un leve manto de neblina, con un fétido aroma, producto de la mezcla de dolor y muerte. La máxima expresión de un lugar olvidado por Dios. Cruzaron el viejo letrero de bienvenida y oficialmente estaban de vuelta en Castillo. Annariva creía que en ese momento quedaría libre de su tormento, pero nada sucedió. Permanecía ahí, suspendida arriba de su maltratado cuerpo, mientras este yacía en el suelo, inmóvil, como esperando órdenes. Quizá lo que necesitaba era llegar hasta su casa, pensó, y lastimosamente esta se encontraba al final del pueblo, por lo que un largo trecho les esperaba aún.

—Lo siento —le dijo a su cuerpo—. Solo un poco más y te prometo que descansaremos para siempre. Vamos.

Como si fuera una historia sin fin, ambas se pusieron en marcha hasta lo que fuera una vez su casa. La procesión a través del centro de Castillo sirvió para traer a su memoria cosas que creía olvidadas, lugares dónde había estado y compartido con familiares y amigos. El lugar donde solía trabajar se había reducido a una montaña de escombros. La iglesia estaba rodeada de campamentos, pues de seguro funcionó como último refugio para aquellos que aun creían en el Señor. La Plaza de la Fundación era un cementerio de castillenses y saqueadores: cuerpos mutilados, incinerados, descompuestos y enterrados, vigilados atentamente por la estatua del viejo Eleazar Castillo, que parecía ser de las pocas estructuras que aún se mantenían en pie, a pesar de los daños sufridos en el terremoto del 46. El resto del camino fue un desfile de desastre y desolación.

Finalmente, después de incontables desafíos y pérdidas, llegaron a la casa de sus padres. La puerta estaba abierta, lo que permitía ver el desorden que reinaba adentro. El cuerpo se abría paso a rastras entre muebles rotos, vidrios quebrados y fotos familiares, mientras que el fantasma de Annariva fluctuaba despacio disfrutando cada rincón de su casa.

Por fin, el ente encontró la puerta del cuarto de sus padres y se quedó bajo el marco, esperando que su otra parte llegara ahí. Sobre la cama yacían los cuerpos descompuestos de los dos viejos junto a una escopeta, y en la pared dos grandes manchas de sesos y sangre seca. Habían tomado la trágica decisión de acabar con sus propias vidas para evitar convertirse en rabiosos.

El cuerpo de Annariva, siguiendo las órdenes de su parte etérea, trepó hasta la cama para ubicarse en medio de sus progenitores. Si los señores hubiesen estado vivos, probablemente la muerte les habría llegado en ese momento, por el estado tan deplorable en el que su hija se encontraba. Aquella joven exitosa y radiante que vivía en Europa, se había convertido en un conjunto decrépito de restos humanos. El fantasma no sentía dolor, pero al ver ese cuadro, sintió una inquietud en todo su espectro.

—Papá, mamá, lo siento tanto —susurró con voz entrecortada—. No pude llegar a tiempo.

En ese momento sintió que había llegado su hora, pero no tenía idea de cómo acabar con su cuerpo para que no continuara vagando sin razón. No quería abandonar este mundo dejando su parte física todavía merodeando.

De pronto, un ruido en la sala les puso en alerta; su cuerpo se sentó a duras penas en la cama y su fantasma se puso a oscilar a su alrededor. El *click* de un gatillo precedió a la detonación de un revolver que reventó la cabeza del cuerpo de Annariva. Todo estaba consumado. El fantasma de la joven castillense se esfumó de inmediato, poniéndole fin a toda su existencia, física y etérea, habiendo enfrentado a la muerte en todas sus formas, en un mundo postapocaliptico lleno de horror y desesperación.

Con la mano izquierda, la persona que acababa de ejecutar a Annariva, enfundó la pistola aun humeante. Su acompañante avanzó en la habitación y revisó el cuerpo minuciosamente.

—¿Estás segura de que era ella? —preguntó, alejándose de la cama.

—Lo estoy —respondió a secas y se destapó la cara dejando ver sus rubios cabellos—. Todos regresan a Castillo, de alguna forma todos regresan.

CAMBIO DE PLANES
(2024)

Las vacaciones de fin de año estaban cerca. Las frescas tardes de diciembre se tornaban encantadoras y acogedoras. Conforme el sol se iba ocultando, el cielo teñía de tonos rosados y naranjas, creando un espectáculo visual impresionante.

Teófilo Piñares se posaba frente a la enorme ventana de su oficina en el piso 10 del edificio, con las manos en los bolsillos y una sonrisa llena de satisfacción por el trabajo realizado durante el año. Sus maletas ya estaban listas junto con la onerosa reservación de un hotel en la costa con todo incluido. Luego de cinco años de espera, por fin había logrado acomodar su apretada agenda y ahorrado lo suficiente para darse un merecido descanso.

Su sueño era pasar una semana en alguna playa del pacífico del país, en un hotel de lujo donde no tuviera que desembolsar un sólo peso dentro de las instalaciones, donde pudiera comer lo que quisiera a la hora que quisiera, donde se pudiera alejar de la ajetreada vida urbana, donde se pudiera tender al sol y darle color a su blanca piel, donde pudiera probar todos los cocteles del menú, donde nadie le conociera y donde pudiera sentirse como un rey.

Afortunadamente, había encontrado el hotel perfecto en la playa perfecta. La reservación estaba confirmada desde setiembre y su mejor amigo le había prestado un enorme vehículo negro con todas las comodidades. Sólo restaba esperar el cese de su temporada laboral para emprender el viaje.

—Don Teófilo —interrumpió su asistente—. Hay algo en las noticias que debería ver.

—Gracias, Elena.

Teófilo buscó el control remoto para encender el televisor. Como el noticiero estaba en comerciales, aprovechó el momento y fue a la mesita para servirse un trago de whiskey, lo agitó con su dedo y tomó asiento en su escritorio. Cuando las noticias regresaron del corte, las primeras imágenes que aparecieron en la pantalla le hicieron soltar el vaso y derramar el líquido sobre el teclado: el hotel en el cual se iba a hospedar durante sus vacaciones estaba siendo consumido por un voraz incendio. Según rezaba el cintillo del noticiero, una posible fuga de gas en la cocina del hotel sería la culpable de provocar el siniestro.

—¡Diantres! —gimoteó con los ojos llenos de agua.

Llevaba esperando mucho tiempo para esas merecidas vacaciones y sabía perfectamente que, aunque en algún momento el hotel le haría la devolución de su dinero, no había tiempo para replantearlas. La temporada vacacional que comprendía navidad y fin de año se reducía a semana y media y, a pocas horas de que empezara, sería utópico creer que encontraría espacio en cualquier playa o montaña del país, sin olvidar que todo el presupuesto para su descanso estaba siendo consumido, literalmente, por las llamas.

Agobiado y resignado a pasar la mejor época del año en casa una vez más, apagó el televisor y se dedicó a limpiar el desastre que había en su escritorio. El líquido escocés drenaba por todo el teclado y lo sacudió, dando un suspiro de frustración, para evitar algún daño. Teófilo no tenía nada para limpiar y estaba casi seguro que Elena ya se había marchado de la oficina. Antes que los restos de whiskey cayeran al piso, abrió la gaveta principal de su escritorio y tomó algunos papeles para tratar de absorber el licor; la mayoría de ellos eran hojas de vida que imprimió cuando estaba entrevistando postulantes para cubrir a Elena durante su embarazo, pero uno en especial le llamó la atención.

Era la hoja de vida de una mujer llamada Emperatriz Medina que, a la hora de la entrevista, le comentó que provenía de Castillo, un lugar bastante lejos de la bulliciosa capital. A su memoria vino de inmediato la descripción tan curiosa que le diese aquella vez sobre ese lugar: enclaustrado entre bosques, ni pequeño como un pueblo ni tan grande como una ciudad, Castillo era sólo un lugar, casi como una república independiente porque no tenía otros asentamientos vecinos cerca, y que para llegar ahí había que desviarse de la carretera nacional poco más de 16 kilómetros por un carretera custodiada por frondosos árboles, misma que servía como única entrada y salida, tierra de algunas leyendas, figuras destacables y pasajes misteriosos desde su fundación en 1893.

En aquel momento le pareció una información poco útil, pero ahora, tras ver sus planes vacacionales frustrados, pensó que quizá esa entrevista resultó más provechosa para él que para Emperatriz y sintió, dentro de sí, una especie de buen augurio, como si una vocecita le susurrase al oído que su destino estaba allí, así que, dejando el desastre sin limpiar, se sentó en el escritorio y se dispuso a buscar en la computadora cualquier información que le sirviese de apoyo a su corazonada.

El teclado había sufrido un minúsculo daño gracias al líquido que cayó en él y por eso le tomó varios minutos encontrar un poco más de datos sobre Castillo. La web no le daba información más atractiva que la que le diera Emperatriz: escuetas notas sobre antiguas glorias castillenses, noticias de algunos sucesos; nada relevante. Pero Teófilo no se daba por vencido.

De pronto, una idea arriesgada surgió de su mente: buscar en la página de *Homebnb* si, por alguna remota casualidad, aparecía algún alojamiento disponible en ese lugar de tan bajo perfil. Llenó los datos necesarios y tan solo bastaron un par de *clicks* para que se le dibujara una pequeña y satisfactoria sonrisa.

Había encontrado una casa disponible en la colonia San Lorenzo, muy cerca del río del mismo nombre. En las fotografías se veía acogedora y tranquila, pero sin puntuación ni reseñas, lo que le hizo suponer que no había sido rentada con anterioridad. Ahora se encontraba ante un dilema: quedarse un año más en su casa viendo canales deportivos, o lanzarse a la aventura de conocer un lugar interesante *per se*, con todo lo que ello conllevaría.

Varios minutos más tarde, y tras un nuevo inconveniente con el teclado, logró formalizar la reservación. Ahora, solo faltaba rehacer las maletas y preparar el viaje a Castillo.

※ ※ ※

—¡Bernardo! ¡Bernardo! — gritó Rosamía Rivera a su marido, que yacía recostado en el sofá mirando la televisión.
—¿Qué pasó Mía? ¿Por qué gritas? —contestó sin quitar los ojos de la pantalla.
—¡Una reservación! ¡Una reservación!
—¿Una reservación de qué?
—¡Del Homebnb! ¡Del Homebnb!

—¡Rosamía, por Dios! ¿Podrías dejar de repetir tus respuestas? —respondió indignado el viejo, apagando la televisión para acercarse a la computadora donde estaba su mujer.

Hacía un semestre, la hija de los Rivera se había marchado a trabajar a Europa y, por ende, la casa en que vivía estaba desocupada. El mantenimiento y la limpieza de la vivienda, a pesar de estar sola, generaba gastos innecesarios, por eso los padres de la joven habían optado por utilizar una plataforma digital para rentar la casa a viajeros o turistas por días, semanas o meses.

—¡Bernardo! ¡Bernardo! —Volvió a exclamar la mujer, pero recordó lo que le acababa de decir su marido— ¡Bernardo!

—¿Qué pasó mujer?

—¡No lo puedo creer!

—¡¿Qué?!

—¡Mira quién hizo la reservación!

Bernardo se acercó al monitor y se puso los lentes que colgaban de su cuello, su mirada incrédula al ver la reservación contrastaba con el rostro asombrado de Rosamía.

—¿Es el actor de las telenovelas? —preguntó Bernardo.

—¡Tiene que ser! ¡Nadie más tiene ese nombre tan peculiar! —gritó emocionada— Además en el programa de la mañana dijeron que andaba buscando pasar sus vacaciones en el país, pero lejos de sus seguidores y de la prensa. ¡Y qué mejor lugar que Castillo para pasar unas vacaciones de incógnito!

—En eso tienes razón. Castillo es un lugar olvidado por Dios. Nadie querría venir acá por otros motivos.

—Ay Bernardo, eso son decires, Castillo es un lugar bonito para vivir. Que a veces pasan cosas, pues sí, pero de que es bonito, es bonito.

—Díselo a los Doral y su hija —comentó entre dientes Bernardo, retirándose para ver la televisión de nuevo.

Rosamía estaba muy emocionada y apretaba la tecla *enter* a cada rato para corroborar que la reservación no fuera un error.

No podía creer que el actor más importante del país viniera a hospedarse en la casa de su hija y aunque sabía que él había escogido ese lugar para pasar desapercibido, no soportó la tentación de llamar a Duvilia, su vecina, para contarle tan increíble suceso.

—¿Qué día llega, Rosamía?

—¡Pasado mañana!

—Me imagino que hará parada obligatoria en el supermercado, ¿le puedo decir al señor Balmoral? —preguntó con pena Duvilia—. Para que tenga el negocio bien bonito.

—¿Y si decide pasar al supermercado del señor Garos? Recuerda que están en la misma cuadra.

—Por eso mismo quiero avisarle, si no te molesta, para que esté atento.

—Bueno, pero que nadie más se dé cuenta —exigió Rosamía.

Sin perder tiempo, Duvilia colgó y marcó al teléfono del señor Balmoral para contarle sobre la visita del famoso actor y este, a su vez, se lo comentó a sus empleados, quienes rápidamente se encargaron de difundir la noticia por todo el local. Pronto, el rumor se propagó en todo el pueblo como un incendio, y la emoción y el bullicio invadieron las calles del lugar.

Los habitantes de Castillo, al saber que la estrella de televisión pasaría unos días en su pueblo, comenzaron a prepararse de inmediato. Al día siguiente muchos corrieron al almacén y compraron materiales para pintar sus casas con colores vibrantes, otros se dedicaron a podar meticulosamente los jardines, los comerciantes barrieron las calles y embellecieron sus negocios. Se esforzaron al máximo para impresionar al ilustre huésped.

Durante el día, a medida que la noticia se multiplicaba, comenzaron a surgir rivalidades entre habitantes, comerciantes y hasta en la alcaldía. Cada uno deseaba ser el centro de atención y competían por captar el interés del actor de telenovelas. Las discusiones y pleitos se volvieron frecuentes, ya que cada persona buscaba superar a los demás en sus intentos por impresionar al hombre que aún no había llegado siquiera. Los policías se enfrascaron en una discusión por ver quién escoltaría a Teófilo hasta su destino, la única emisora de radio del pueblo quería poner música en una tarima con parlantes, pero la directora de la escuela musical quería recibir al personaje con un concierto en vivo y el alcalde canceló varias citas de suma importancia tan sólo para ser el primer castillense en recibirlo.

Por la noche, la central telefónica del departamento de policía se vio saturada tras una ola de llamadas denunciando actos de vandalismo, peleas callejeras, conatos de incendio y otro tipo de situaciones cuyo origen residía en la pugna por hacerse visibles ante los ojos del reconocido visitante. Y por supuesto, los encargados de establecer el orden se hicieron de la vista gorda porque ninguno quería sufrir lesión alguna que le impidiera estar presente durante el recibimiento.

Tras una movida jornada nocturna, llegó el día esperado. El pueblo entero, que parecía haber limado asperezas y retornado a la tranquilidad, se preparó para recibir al célebre actor con una gran fiesta al medio día. El carnaval estaba en pleno apogeo, la música resonaba en las calles y los aromas tentadores de la comida local llenaban el aire. Todos esperaban ansiosos la llegada del hombre que, sin poner un pie aun, había roto la monotonía del lugar.

Mientras tanto Teófilo, a bordo del auto de su amigo, manejaba plácido por aquella recta rodeada de árboles, saboreando la paz y tranquilidad que le depararían esas vacaciones. De pronto, miró hacia el cielo y logró divisar un puñado de globos de colores, que le avisaban que estaba a punto de llegar a la entrada de Castillo.

La extensa guardia de árboles se acabó, dando paso al letrero que daba la bienvenida al pueblo. Muchos castillenses, con globos y pañuelos, le aguardaban desde ese punto y hasta la Plaza de la Fundación, donde se erigía triunfante la estatua del fundador del pueblo: Eleazar Castillo, que con arduo trabajo adquirió esas tierras en 1893.

Teófilo continuó sin detenerse, ignorando la razón de tal algarabía, mientras las personas en la calle trataban de ver a través de los oscuros vidrios del automóvil. A los pocos metros, cayó en cuenta de que él era la fuente del alboroto, porque cuando bajó el volumen de la radio, pudo escuchar con total claridad cómo dese afuera coreaban su nombre.

—¡Diantres! —exclamó feliz— Jamás me pasó por la mente un recibimiento así.

Para congraciarse con los castillenses, disminuyó un poco la velocidad, encendió las luces de emergencia y comenzó tocar la bocina del carro, generando la reacción positiva de la gente en la calle. Conforme avanzaba, más y más personas se amontonaban en las calles hasta el punto que le fue imposible seguir avanzando. Ese punto era la Plaza de la Fundación, donde una comitiva municipal le esperaba con bombos y platillos, frente a una tarima haciendo gala de una enorme manta con la leyenda *¡Bienvenido Teófilo!*

Ante el griterío de la multitud, Teófilo bajó del carro y comenzó a caminar con una sonrisa de sorpresa en su rostro hacia la comitiva donde estaba el alcalde, sin embargo, al ver su aspecto común y corriente, los habitantes de Castillo se mostraron confundidos.

—Buenas tardes —saludó el alcalde, estrechando con suma desconfianza la mano, mirando hacia el automóvil negro— ¿Dónde está el señor Pinares?

—Piñares, con ñ —respondió el saludo, sacudiendo con fuerza la mano del alcalde— Teófilo Piñares Oporta, a sus órdenes.

La euforia se convirtió en silencio y la expectativa en desilusión. Las expresiones de asombro y admiración cambiaron rápidamente por miradas de incredulidad y desprecio.

El whiskey que había caído sobre el teclado aquella tarde, inhabilitó la tecla *ñ*, obligando a Teófilo a escribir su apellido en la reservación con la letra *n*, pasando de Piñares a Pinares, considerando esto un detalle verdaderamente ínfimo.

—Entonces, usted no es el famoso actor de telenovelas —afirmó el alcalde.

—No señor —dijo con una risa jocosa—, yo soy asesor contable de profesión, pero suele suceder que, por el nombre tan parecido, nos confunden.

La multitud, enfurecida y sintiéndose engañada, comenzó a insultar al recién llegado. Se sintieron burlados y desquiciados por el hecho de haberse preparado con tanto esmero para recibir a un hombre que no era más que un simple contador. Los gritos de enojo llenaron el aire mientras la gente arremetía contra él, empujándolo y golpeándolo sin piedad.

Teófilo, confundido y aterrado, intentó explicar que todo había sido un error a la hora de hacer la reservación, pero sus palabras se perdieron en medio de la furia y la violencia de la turba. Sin tener oportunidad de defenderse, el pobre contador, que solo quería unas merecidas vacaciones, fue brutalmente linchado hasta quedar inconsciente.

Allí, en el caliente pavimento, descansaba Teófilo, pero no de la manera que él anhelaba: con el sol de frente y la brisa costera dándole en el rostro, dorando su piel tendido en una silla playera con una bebida en la mano. Ahora descansaba con la cara desfigurada, con sus dientes desperdigados por la calle e hilos de sangre emanando desde su boca, nariz y oídos hasta perderse copiosos por la alcantarilla.

Cuando la multitud se dio cuenta de la gravedad de sus actos, el miedo y el remordimiento los invadió. Pero ya era demasiado tarde. El hombre que solo buscaba un poco de paz y tranquilidad había perdido la vida debido a la locura colectiva y la confusión.

Poco a poco, los ahí presentes se fueron retirando para retornar a sus hogares y negocios, dejando la escena libre para que los policías se encargaran del resto. Nunca se pudo determinar el o los responsables del atroz crimen.

La historia de Teófilo Piñares, confundido y maltratado, víctima de la envidia y la irracionalidad por su infortunada coincidencia de nombre, se sumó a la lista de tristes sucesos acaecidos en Castillo.

SEGUNDA MANO
(2023)

CAPÍTULO I: ESA NOCHE

El sonido de las pequeñas partículas de lluvia que caían sobre el pavimento se diluían con delicadeza junto a las exquisitas notas del piano que tocaba Amelia dentro del salón de clase.

Era muy normal que se quedara deleitando a quienes pasaban afuera de la escuela con su música, luego de que los alumnos se retiraran para sus casas. Le complacía observar en la ventana a uno que otro transeúnte que pausaba su marcha para saludarla y verla tocar a pesar de la lluvia. Era su público anónimo; aunque a veces no recibiera aplausos, el hecho de que se quedaran unos minutos, a ella le llenaba el alma.

Al fondo del salón, oculta en la penumbra, permanecía Claudia Tellerman, directora del lugar, con su taza de café casi vacía, disfrutando a medias de aquel "concierto gratuito", ya que la joven derrochaba su talento sin remuneración alguna y, por ende, las arcas de la institución tampoco sumaban ingresos. La escuela organizaba conciertos dos veces al año y era normal que se vendiera todo el boletaje, en parte, gracias a la fama que tenía Amelia.

A pesar de sus recién cumplidos veinte años, Amelia se había convertido en profesora de la Escuela Musical de Castillo, casa de enseñanza que había descubierto varios músicos y cantantes, y gracias a las enormes habilidades musicales que había demostrado desde los cinco años, era la mejor pianista que la escuela había dado.

—Vamos Amelia, ya es de noche. Parece que la lluvia está lejos de acabar y no es muy seguro salir en estas condiciones tan tarde, más que Horacio no vendrá por ti —recomendó Claudia, dando por concluida la jornada.

Claudia Tellerman triplicaba la edad de Amelia y dirigía la escuela musical desde su fundación en 1985. La primera vez que la escuchó en un recital de la escuela, supo que la niña era una prodigio en el teclado y convenció a sus padres de ingresarla a la institución para perfeccionar su habilidad. Hasta el día de hoy, Amelia siempre ha sido su alumna favorita, incluso por encima de Anna Rivera, otra alumna prodigio, que provenía de una familia acomodada y dedicada a la música, pero le faltaba algo que Amelia desbordaba: dulzura.

—Tiene razón señora Tellerman, además debo reunirme con los promotores para finiquitar algunos detalles y no puedo llegar tarde, pero es que aún no me creo la noticia, y me ha hecho tanto bien que solo quiero tocar y tocar y tocar y, aunque solo usted me vea, yo me imagino el lugar a reventar.

—No sólo la señora Tellerman está acá —interrumpió Anna en tono muy serio, que se había devuelto para lavarse las manos.

—Señorita Rivera, vaya sorpresa —expresó la directora, con notable sarcasmo—. ¿Qué le sucedió en las manos?

—Nada. Se me cayeron las llaves al abrir el carro y trastabillé cuando intenté recogerlas. La tierra mojada hizo el resto —contestó seca, al tiempo que terminaba de limpiar sus manos con una toalla.

Una fuerte rivalidad había nacido entre Amelia y Anna desde años atrás, o al menos de parte de la señorita Rivera. Ambas eran las mejores alumnas que había tenido la escuela y hoy en día, las mejores profesoras. Pero Amelia siempre estaba un paso arriba de Anna, como si todo se le diera a la rubia con facilidad, en cambio Anna debía esforzarse para estar al nivel de su compañera. Su relación era como la de *El Viento del norte y el sol,* aquella famosa fábula de Esopo donde el Sol, con su calidez, lograba que el hombre del camino se quitara gustoso el abrigo, cuando el Viento del norte, con su rudeza, no había podido lograrlo.

La semana anterior, Amelia había recibido la convocatoria para formar parte de una gira musical por todo Europa con la Marquand Music Band, la banda de músicos más reconocida del país, a la que sólo se podía aplicar por recomendación de sus directores, gracias a su desenvolvimiento en los últimos meses. El año anterior, Amelia y Anna habían decidido enviar su solicitud para ser consideradas y ser parte de la gira mundial, lamentablemente, la banda sólo tenía espacio para una pianista más. Y ambas debían concursar junto a pianistas del resto del país.

—Pero, ¿estás bien? ¿Tus manos están bien? —preguntó Amelia, con tono dulce.

—Preocúpate por tus manos, que yo me preocupo de las mías —respondió odiosa la joven morena.

Tras un silencio incómodo y la mirada severa de la señora Tellerman, las tres mujeres se dirigieron hacia la salida, cada una ataviada con abrigo para evitar mojarse durante el trayecto de la puerta principal al parqueo.

En la puerta aguardaba Fermín, el guarda del turno nocturno, un hombre regordete, anciano y canoso que cuidaba el lugar desde que este se construyó.

—¡Buenas noches mis bellas damas! —saludó sonriendo el hombre—. Si me permiten, las llevaré de una en una hasta sus carros porque, desgraciadamente, sólo tengo un paraguas.

—Gracias Fermín. Hasta mañana señoritas. Manejen con cuidado y directo a sus casas, últimamente están pasando muchas desgracias acá en Castillo —aconsejó la señora Tellerman, que se ubicó de primera para ser escoltada hasta su automóvil.

En los últimos dos meses, tres mujeres habían sido atropelladas en circunstancias misteriosas en Castillo. Dos de ellas murieron en el lugar del atropello y la otra mujer cinco días después en el hospital sin poder salir del coma. En todos los casos, los hechos sucedieron durante noches lluviosas y en lugares poco concurridos, lejos de alguna cámara de vigilancia. La policía poco había podido avanzar con la investigación pues no había testigos a quién recurrir ni rastros en el lugar de los sucesos.

Amelia y Anna aguardaban en silencio mientras Fermín regresaba por ellas, observando con detenimiento la portada del periódico que se encontraba sobre el escritorio del oficial. *¿Asesino sobre ruedas?,* rezaba el encabezado sobre un *collage* de fotos de los atropellos y cuyo cintillo invitaba a leer en su interior todo lo relacionado con los tres incidentes.

El estruendo provocado por un rayo que cayó a un par de cuadras, hizo que Amelia abrazara, totalmente aterrorizada, a su compañera, sin embargo, en un gesto antipático, Anna la retiró de inmediato y dio dos pasos hacia atrás, aunque ella también sentía miedo. La luz comenzó a titilar hasta irse por unos segundos y los ventanales del edificio retumbaron a tal punto que parecían romperse. Una vez vuelta la calma, las jóvenes sintieron que se les erizaba el espinazo al escuchar una voz ronca que les dijo:

—Castillo es un lugar olvidado por Dios.

El viejo Fermín había regresado por las muchachas durante el breve apagón y, aclarándose la garganta, se disculpó por haberlas asustado.

Castillo era más grande que un pueblo. Escondido en un valle rodeado de bosques que lo mantenía ajeno a la influencia de otros sentamientos, con una sola entrada y salida y un trayecto de 16 kilómetros desde el desvío en la carretera nacional hasta el letrero que daba la bienvenida al lugar. Castillo, residencia de célebres personajes en todos los ámbitos, con una gran prosperidad y muy familiar, pero que, con el paso del tiempo, se había convertido en un lugar extraño, de población que iba y venía, salvo algunas pocas familias que permanecían desde su fundación en 1893.

Los castillenses eran personas de bien, no obstante, por algún motivo vivían en una especie de letargo que no les permitía abarcar con total raciocinio las muchas situaciones que ahí sucedían y que no eran, para menos, extrañas, misteriosas, demenciales, macabras y, en ocasiones, hasta rayando en lo inexplicable.

—¡Válgame Dios Fermín! ¡Qué susto nos ha dado! —reprochó Amelia, aunque la forma en que lo dijo era tan dulce que, por mucho, no parecía reproche.

—Fermín, lleve primero a Amelia, yo espero acá —ordenó Anna, contrastando con la dulzura de su compañera—. No vaya a ser que llegue tarde a su reunión —agregó con sarcasmo de nuevo.

El anciano abrió el paraguas otra vez y extendió el brazo que tenía libre para que la joven maestra se asiera de él. Ambos salieron del edificio, no sin antes, Amelia, volver la mirada atrás para atisbar a Anna, que ya hurgaba las páginas internas del diario, sintiendo pena por ella y por su trato tosco y seco.

La lluvia no cesaba, pero ambos iban a paso lento, sin importar que el agua les salpicara hasta poco más debajo de las rodillas.

—¿Por qué dijo eso? —preguntó la maestra.

—¿Qué cosa, señorita?

—Que Castillo es un lugar olvidado por Dios. ¿Por qué lo dijo?

Fermín siguió caminando, haciendo el ademán de responder, como si estuviera buscando las palabras apropiadas para contestar a la joven. Él había vivido toda su vida en Castillo y sabía muy bien que la frase que había promulgado minutos atrás, era más fuerte de lo que sonaba.

—Castillo no era así. Castillo era diferente. Era radiante, alegre, acogedor, aunque ha tenido sus días grises. Ahora parece un lugar adormecido donde las cosas pasan y a nadie le importa. Los castillenses dan todo por sentado, damos todo por sentado, como si lo que sucediese tuviera que pasar y ya, sin cuestionarse siquiera el porqué. Y lo peor es la corta memoria, la gente olvida muy rápido y sigue su vida como si nada hubiese pasado. Hace muchos años este lugar murió y parece que nadie se dio cuenta, fíjese usted que Castillo no tiene sacerdote desde lo que pasó con el padre Dionisio, es más, le aseguro que las autoridades de la iglesia nunca se percataron de lo sucedido. Este lugar está roto y nadie quiere arreglarlo, ni siquiera Dios.

Amelia permanecía en silencio sepulcral, sin forma de refutar las palabras de Fermín. Ahora que lo había escuchado, se preguntaba si ella también era parte de ese letargo.

—Con todo respeto, señorita Amelia, en estos momentos en que usted tiene la oportunidad de salir de este lugar gracias a la gira, busque la forma de no regresar. La mayoría de los que se van, regresan, no importa el motivo, pero lo hacen. No lo haga usted, es mi consejo. Castillo parece atraparnos con unos tentáculos invisibles, con una sensación de falso bienestar que, de modo inconsciente, nos inhibe de buscar algo mejor.

—¿Por qué usted no se ha ido Fermín?

—Yo crecí en una época muy bonita de Castillo, y espero que antes de morir pueda ver de nuevo aquel lugar apacible y mágico, además, para un viejo como yo es muy difícil abandonarlo, afuera el ritmo de vida es diferente, pero usted está joven.

Casi llegando al automóvil, Amelia seguía analizando lo que acababa de escuchar, tratando de hacer un balance entre el punto de vista de Fermín y el suyo.

—Acá está todo lo que amo, mi familia, mi trabajo, mis amigos, mi novio —apretó más fuerte el brazo de Fermín—. ¡Y creo está a punto de pedirme matrimonio!

La joven soltó a Fermín y extendió su mano derecha hacia el cielo, ignorando la lluvia que caía sobre sí.

—En esta mano me pondrá el anillo, estoy segura —dijo sonriendo—. El dueño de la joyería, don Alberto, me contó que Horacio ha estado viendo anillos de compromiso, en especial uno de plata que trae un enorme diamante verde incrustado y, cuando me lo contó, no paraba de mirar mi mano, como midiendo a ojo la talla de mi dedo.

Los abuelos maternos de Amelia eran portugueses de nacimiento y, por tradición, portaban el anillo de compromiso o de matrimonio siempre en la mano derecha, de la misma forma que su madre lo porta desde que se casó con el señor Doral hace poco más de 25 años.

—¡Qué alegría señorita Amelia! —celebró el anciano, volviendo a cubrirla con el paraguas— pero recuerde lo que le acabo de decir.

De pronto, otro rayo cayó en las cercanías del edificio y provocó de nuevo un apagón, pero esta vez no sería tan breve como el anterior. Daba la sensación como si algo quisiera que la conversación no continuara y obligó a ambos a apurar el paso sin hablar más hasta el momento de despedirse.

—Hasta mañana, Fermín. Muchas gracias.

—Maneje con mucho cuidado, señorita Amelia. Hasta mañana —Y el viejo cuidador regresó rápidamente al edificio para encargarse de Anna que, a estas alturas, debería estar aterrada en medio de la oscuridad.

Amelia arrancó su vehículo y echó a andar. La lluvia le obligó a poner las escobillas a máxima velocidad, mismas que se movían al ritmo de la música que escuchaba por la radio. En su cabeza seguía revoloteando lo que Fermín le había expresado mientras las luces de los escasos vehículos que se topaba de frente le encandilaban y hacían tocar el pedal de freno. Pronto se dio cuenta que el apagón no era sólo en los alrededores de la escuela, sino en todo Castillo. Abrió un poco la ventana de su automóvil para evitar que el parabrisas comenzara a empañarse y esto le permitió percatarse de un leve ruido. Bajó el volumen de su radio y redujo la velocidad de las escobillas para concentrarse. Por varios metros intentó descifrar la fuente de aquel sonido, hasta que el movimiento irregular del vehículo le dio la respuesta: un neumático desinflado.

Con la calle a oscuras y la lluvia arreciando, Amelia intentaba decidir si continuaba con la llanta en ese estado hasta una gasolinera, o se estacionaba para cambiarla en algún lugar seguro. Sabía que la única gasolinera estaba a la entrada de Castillo, a unos tres kilómetros de donde, creía, se encontraba. Le daba miedo que, al avanzar tanto y tan lento por las inclemencias del tiempo, la llanta de su automóvil se fuera a dañar, así que decidió buscar un lugar para estacionarse. En su vida había cambiado dos veces una llanta, por lo que no era nada nuevo, pero temía lastimarse las manos a poco más de tres semanas de salir de gira.

Amelia tomó su teléfono y marcó el número de Horacio. La llamada no salió. Al parecer, la caída del rayo también había afectado las líneas telefónicas. Incomunicada y en un aprieto, tenía que tomar una decisión pronto. La reunión con los promotores de la gira era impostergable y un atraso en su llegada sería muy mal visto. Amelia no tuvo más remedio que bajarse del vehículo para cambiar el neumático desinflado.

Cerró bien su abrigo, se subió el gorro y salió del auto. La lluvia y la oscuridad le forzaron a encender la linterna de su teléfono para determinar cuál de las ruedas debía cambiar y en breves segundos descubrió que la llanta izquierda trasera había sido la afortunada. Amelia tenía presente que debía apresurarse para poder ir a su casa y cambiarse de ropa, si no podía llegar tarde, mucho menos empapada y sucia. Fue a la parte trasera del carro y abrió la cajuela, sacó el gato hidráulico y levantó el forro del compartimento para extraer la llanta de repuesto.

Si bien, Amelia, era una joven de frágil apariencia, era una chica de armas tomar. Sabía que el vehículo había quedado en una posición desfavorable, entonces, sin perder tiempo, colocó el dispositivo hidráulico bajo el carro y comenzó a levantarlo. Tan sólo le tomó un par de minutos llegar al punto exacto para empezar a aflojar las tuercas, para lo cual, ya tenía preparada la llave de cruz. La primera tuerca salió fácil, mas no las siguientes. Sus manos estaban mojadas y resbaladizas, por lo que, en más de una ocasión, soltó la llave y se golpeó los dedos; con la gira tan cerca, cualquier lesión podría dar al traste con todo. Amelia recordó que en su bolso cargaba unos guantes blancos que le había regalado su madre y fue a buscarlos para protegerse las manos e intentar tener mejor agarre de la llave, aunque fuera un poco.

Por más que insistía la joven, las tuercas no cedían. Seguía lloviendo, estaba oscuro, su teléfono no funcionaba; Amelia estaba llegando al borde de la desesperación. Casi derrotada, a punto de romper el llanto, levantó la cabeza y observó un par de focos que se acercaban a lo lejos. Su rostro cambió cuando miró aquel vehículo que se aproximaba como un ángel salvador. Sin titubear se puso en pie, alzó los brazos y comenzó a hacer señas de auxilio con la esperanza que el conductor se detuviese a ayudarla o quizá darle un aventón hasta su casa. Las luces del vehículo estaban cada vez más cerca, tanto, que Amelia debió anteponer sus brazos para no quedar enceguecida. Luego vino la total oscuridad.

Amelia sentía el mundo dando vueltas, como si la hubiesen introducido en un barril y la tirasen rodando por la colina. Estaba mareada, confundida, sin la menor idea de lo que había ocurrido. Tenía el cuerpo adormecido y poco a poco comenzaba a tener la sensación del agua bajo su cuerpo, lo que le ayudó a su cerebro a ubicarse. Con el pasar de los segundos, todas las partes de su cuerpo empezaron a experimentar un terrible dolor. Sólo se escuchaba el ruido de la lluvia cayendo sobre el pavimento, nada más.

Los ojos de Amelia se fueron abriendo poco a poco, recuperando levemente el sentido. Su cara estaba contra la fría calle y vagamente comenzaba a distinguir las luces delanteras de su automóvil, que estaba a unos 5 metros de distancia. Con dificultad fue tratando de incorporarse, sin hacerle caso al inmundo dolor que le abarcaba todo el cuerpo. Una vez sentada y con las piernas extendidas, supo que las tenía fracturadas o al menos una de ellas. La lluvia dejó de caer y eso le permitió observar, con algo de dificultad, un pequeño bulto de color blanco a mitad de la calle que le era familiar por su forma y tamaño.

En ese instante, el fluido eléctrico regresó y las lámparas de las aceras comenzaron a encenderse, dando paso a la macabra escena que Amelia sospechaba. De la impresión, volvió a perder el conocimiento.

CAPÍTULO II: CAMBIO DE PLANES

Amelia tocó un piano por primera vez a los cinco años, un vetusto instrumento que habían dejado los antiguos dueños de la casa que, recién casados, sus padres compraron de oportunidad cuando arribaron a Castillo. A los siete, hizo su primera presentación ante el público durante una actividad escolar. Estaba nerviosa, como cualquiera a su edad, frente a compañeros, profesores y padres de familia. Lucía un hermoso vestido rojo que hacía juego con el rubor natural de sus mejillas y unas zapatillas negras de charol.

Esa noche interpretó *Für Elise* de Beethoven y, cuando terminó, no quedó un solo asiento ocupado durante la ovación que le brindaron. Ahí mismo, Claudia Tellerman, conversó con los padres de Amelia y les comentó que su hija tenía gran sensibilidad y una relación especial con la música, por lo que accedieron a matricularla en su escuela.

—¡Mamá! ¡Papá! —gritó Amelia, de súbito, y rompió en llanto.

Sus padres se levantaron de inmediato y se acercaron a la cama donde yacía en recuperación.

—¡No puedo sentir mi cuerpo! ¡No me puedo mover, mamá!

Y abrió los ojos por completo.

—Aun estás sedada mi amor, ya pronto pasará —dijo su madre, tomada de las manos por su esposo.

—¿Qué me pasó? —exclamó con dolor, al tiempo que trataba de moverse.

Victorino y Lucrecia, sus padres, le miraban angustiados desde el pie de la cama, sin saber qué palabras decirle y tan solo atinaban a hacerle ademanes para que mantuviera la calma. Tras horas de profundo silencio, la habitación se había convertido en un centro de ayes lastimerosos, que aumentaban con cada segundo que la anestesia perdía su efecto y que llegó a su punto más álgido cuando por fin, Amelia, pudo levantar los brazos.

—¡Mi mano! ¿Dónde está mi mano, papá? —vociferó varias veces, con alaridos que se escuchaban por todo el pasillo.

La mano derecha de Amelia no estaba. La joven mantenía sus brazos extendidos hacia la luz de la habitación, intentando buscar una explicación a tan infausto paisaje. Las lágrimas desbordaban su rostro, al igual que el de sus padres, quienes se habían apostado de rodillas a cada lado de la cama, tratando de tranquilizarla, buscando el mejor momento para explicarle lo sucedido.

El griterío había hecho que la enfermera de turno se apersonara al cuarto para aplicar de nuevo los analgésicos, que colaboraron para que el señor Doral pudiese hablar sin interrupción.

—Ayer, mientras intentabas cambiar la llanta de tu carro, un vehículo te embistió y te prensó contra él. El golpe fue tan fuerte que te arrancó la mano derecha —su voz comenzaba a quebrarse— pero por suerte no te mató.

El hombre tuvo que hacer una pausa para recomponerse. No era nada fácil narrarle a su pequeña que estuvo a centímetros de morir, pero que también había perdido una de sus manos.

—Un mensajero que pasaba en su motocicleta fue quien llamó al servicio de emergencias y se quedó contigo mientras enviaban la ambulancia —continuó Lucrecia—. Lamentablemente la llamada tomó algún tiempo mientras se restablecían las líneas telefónicas. Cuando te trajeron acá, revisaron tus documentos y nos contactaron.

—Al parecer, la lluvia y el apagón pudieron causar que el otro carro no te viera, pero eso también favoreció para que se diera a la fuga, es todo lo que sabemos —acotó Victorino, ya repuesto.

—¿Y mi mano? ¿Dónde está? ¿Qué voy a hacer sin mi mano? —sollozó Amelia.

—Los doctores poco pudieron hacer, mi amor. La mano quedó muy dañada —sentenció Lucrecia.

Amelia volteó su rostro hacia la izquierda, como si quisiera ignorar a su brazo incompleto. La calma reinó de nuevo en la habitación gracias al efecto que comenzaban a tener los medicamentos.

En la puerta, un agente policial aguardaba abrazado a una carpeta. Los padres de Amelia ya le habían determinado, pero daban tiempo a que su hija quedara dormida para atenderle.

Habían pasado más de catorce horas desde que Amelia ingresó al hospital. Lucrecia y Victorino no habían dormido ni un minuto por estar pendientes de su hija que, además de perder su mano derecha, tenía una fractura en la pierna izquierda, junto con varios golpes y laceraciones por todo el cuerpo. Los médicos estaban convencidos que había sido un verdadero milagro.

—Buenos días, señores Doral —saludó el agente—, sé que han tenido unas horas difíciles, entonces seré breve: cuando removimos el auto de Amelia encontramos una especie de abrojos en la llanta que su hija estaba cambiando. Nos pareció sospechoso debido a la investigación que tenemos abierta por las otras tres mujeres que han muerto en situaciones parecidas y decidimos ir a la escuela de música para partir de ahí y buscar pistas. Curiosamente en el parqueo de la escuela encontramos más de estos abrojos.

—¿Abrojos? —preguntaron simultáneamente.

—Un abrojo es un artefacto compuesto por cuatro púas entrelazadas que, sin importar cómo caiga al suelo, descansa sobre tres de ellas y una queda mirando hacia arriba. Es comúnmente utilizada por delincuentes para pinchar llantas.

El agente abrió su carpeta y sacó un puñado de fotos, de las cuales seleccionó algunas y las fue pasando a los padres de Amelia. Correspondían a la llanta que se había desinflado, con abrojos incrustados en ella. También otras del parqueo de la escuela, que mostraba varios de estos objetos.

—Nos llamó mucho la atención que únicamente se encontraban en un lugar determinado y, según el oficial de turno, ese es el lugar donde su hija suele dejar estacionado su carro.

Los señores Doral se miraron a los ojos durante unos segundos, como si estuvieran pensando lo mismo y tan solo se pusiesen de acuerdo mentalmente para ver cuál de los dos le haría la pregunta al agente.

—¿Usted nos quiere decir que alguien le hizo esto a nuestra hija —tragó hondo, Victorino— a propósito? ¿Quién le querría hacer daño a Amelia?

—Debemos seguir investigando, pero todo apunta a que el atropello pudo no haber sido un accidente. Tenemos la versión de un indigente que estaba guareciéndose cerca de la zona y el sonido del golpe le despertó. Lo único que pudo ver, entre la oscuridad y la lluvia, fue un vehículo echando marcha atrás, para luego salir a toda velocidad. No fue sino hasta que llegó la ambulancia que se percató que algo malo había pasado.

—¿Qué sigue ahora, agente... —Lucrecia miró la placa del oficial— Romero?

—Esperar que Amelia pueda responder algunas preguntas y tratar de entender qué fue lo que realmente pasó. De momento, tenemos únicamente los testimonios del guarda de la escuela, quien fue el último en verla antes del atropello, y del indigente. Acá les dejo mi tarjeta para que cuando Amelia esté disponible, me llamen.

Cuando el agente trataba de meter las fotos en la carpeta, estas, junto con otras adentro, cayeron al piso, quedando a la vista de los señores Doral las de la mano de su hija, arrancada de tajo, aun cubierta por el guante blanco.

—¡Oh por Dios! ¡Mi niña! ¡No, mi niña! —estalló en lágrimas, Lucrecia, y se refugió en los brazos de su marido, mientras el agente Romero recogía las fotos y se marchaba del lugar.

Por la tarde, al abrir la escuela, todos hablaban de lo sucedido con Amelia la noche anterior. Sus compañeros y algunos alumnos recogían dinero para enviarle un detalle floral al hospital junto a sus mejores deseos de pronta recuperación. El ambiente en la instalación oscilaba entre la tristeza y la alegría, pues, si bien el incidente era considerado una gran desgracia, Amelia estaba con vida.

En la dirección, Claudia Tellerman se dedicaba a llamar a los alumnos de la señorita Doral para informarles lo acontecido y reprogramar las clases de la próxima semana mientras encontraba un sustituto. Cuando colgó el teléfono, observó a la conserje en su puerta.

—Señora Tellerman, la buscan unos hombres. Dicen que vienen de parte de la Marquand Music Band.

—Tal como esperaba —suspiró—. Hágalos pasar, por favor.

Los dos hombres, encargados de coordinar el viaje de Amelia junto a la banda por Europa, habían sido informados de la situación por Horacio Navarro, quien no sólo era novio de Amelia, sino que también trabajaba como agente musical y tenía a su cargo la representación de la joven. El propósito de su visita era obvio y debía tratarse con premura.

—Adelante, tomen asiento —indicó la directora, y esperó a que se sentaran para ella hacer lo mismo.

—Señora Tellerman, Horacio nos puso al tanto de lo ocurrido con Amelia —dijo uno de los promotores.

—Lo imaginé. Ha sido toda una desgracia, pero, afortunadamente, la señorita Doral se encuentra en recupe...

—Necesitamos saber —interrumpió con brusquedad el otro hombre— si la señorita Anna Rivera puede tomar el lugar del Amelia. La gira comienza en tres semanas y debemos coordinar muchas cosas: documentación, ensayos, publicidad, usted sabe.

Si bien, la señora Tellerman tenía claro que en la nueva condición de Amelia le sería imposible asistir a la gira, la falta de sensibilidad de los agentes le enfadó.

—Deberé conversar con la señorita Rivera primero. Como ustedes saben, mi mejor pianista no está disponible y debo reacomodar todas sus clases. Perder a otra profesora complicaría más las cosas. Pero, reitero, hablaré primero con ella —hizo una pausa y exhaló—, aunque algo me dice que ya ustedes lo hicieron.

—Gracias por su tiempo señora Tellerman —se despidió uno de los promotores, mientras el otro lo hacía con un gesto bastante sutil.

Cuando los dos hombres abandonaron la oficina, la directora cerró los ojos y se echó hacia atrás en su silla. Su instinto le indicaba que la habían visitado por una mera cortesía, porque ni siquiera le dejaron un número de contacto y estaba completamente segura de que Anna ya estaba al tanto de la situación. Inmersa en sus pensamientos, Claudia recordó que debía continuar con la reprogramación y la búsqueda de la persona que sustituiría a Amelia, además de coordinar la visita al hospital al día siguiente, así que se reincorporó, pero, al abrir los ojos, Anna Rivera permanecía de pie en la entrada de la oficina.

—Anna. Qué inesperada coincidencia —dijo con sarcasmo—. Necesitaba hablar contigo algo muy importante. Entra.

Anna caminó hasta el escritorio de su jefa, estiró el brazo y le entregó un documento. Dio media vuelta y se fue.

En sus manos, Claudia Tellerman tenía la carta de renuncia con carácter de inmediata e irrevocable por parte de Anna. En ella explicaba que la razón de su salida obedecía a que iba a formar parte de la gira de la Marquand Music Band, y que ya tenía ofertas en Europa para dar clases de piano en varias escuelas de renombre.

Lo que minutos atrás rondaba en su cabeza, ahora se estaba convirtiendo en realidad. En cuestión de unas horas había perdido a sus dos mejores alumnas y maestras. Pero no sentía nada en contra de Anna. Claudia tenía muy claro que una oportunidad como esas no se daba todos los días y que, salir de Castillo, era un paso importante para cualquiera.

Ahora la encargada de la escuela no solo debería reprogramar las clases de Amelia, sino también las de Anna. Resignada, Claudia dobló en cuatro partes la carta y la guardó en su escritorio, de donde sacó una foto vieja junto a su hermana seis años menor, tomada meses antes de que muriera en un horrible incidente a principios de los años ochenta.

—Creo que es hora de volver a enseñar, hermana —pensó en vos alta, mientras pasaba sus dedos por la fotografía. Entonces la puso dentro del escritorio donde también estaba una flauta vieja y desgastada que usaba en su juventud, pegada con pegamento tras haberse roto en su casa. Luego tomó el teléfono y continuó con sus quehaceres.

CAPÍTULO III: MALDITA ANNA

Amelia recibió la visita de la señora Tellerman al día siguiente. Era el primer rostro conocido que veía desde que despertó, además del de sus padres. Aunque solo había pasado poco más de un día desde el atropello, para ella había sido toda una eternidad, por lo que ver a su mentora le trajo un sentimiento de alegría, sin embargo, no duraría por mucho tiempo. Apenas Claudia entró a la habitación, Amelia se sentó en la cama y levantó su brazo derecho dejando frente a ella el muñón vendado. Entonces echó a llorar.

Si bien, Claudia Tellerman era una mujer poco expresiva, demandante y de carácter duro, dentro de ella había un cariño muy profundo para Amelia, quizá por recordarle como era ella misma a esa edad, pero, que con el tiempo tuvo que adoptar su estatus actual para poder llegar hasta donde lo había hecho. La señora colocó el arreglo floral que le enviaban sus compañeros y alumnos, la abrazó y lloró con ella.

Tras un par de minutos de llanto, la directora la soltó y trató de recomponerse. Con mucho cuidado se quitó las lágrimas para no arruinar su maquillaje, mientras Amelia lo hacía con su mano izquierda sin la menor delicadeza.

—Señora Tellerman, ¿qué voy a hacer ahora? —gimoteó la rubia.

—¿Cómo? Pues seguir adelante, Amelia.

—Pero el piano es mi vida y sin mi mano fuerte no será lo mismo. No hay partituras para manos izquierdas, señora Tellerman, usted lo sabe.

—Te aseguro que las hay. Y si no, escríbelas entonces —dijo Claudia con la seriedad de siempre, tratando de animarla.

—¿Usted cree, señora Tellerman? ¿En serio lo cree? Eso tomará mucho tiempo y la gira es en tres semanas.

—La gira. Debemos hablar de la gira, Amelia.

—Lo imagino. Para la escuela hubiera significado mucho tener un representante en Europa —lamentó.

La directora guardó silencio un instante sin apartar la mirada de su pupila.

—¿Qué pasa señora Tellerman?

—La escuela tendrá una representante en la gira.

Los ojos de Amelia se abrieron a más no poder. Ilusamente pensó que quizá los promotores habían decidido llevarla de igual manera, a pesar de su estado.

—Anna ocupará tu lugar. Los promotores estuvieron ayer en mi oficina preguntando si tenía disponibilidad de ir.

La noticia le dio un golpe de realidad que le hizo hablar pausado.

—Ella tendría que dejar las cla…

—Renunció de inmediato —interrumpió la directora.

El silencio se apoderó de la habitación. Amelia se acostó y cerró los ojos, apretándolos bien fuerte.

—Ella es casi tan buena como tú. Al parecer tiene ofertas algunas escuelas en Europa para dar clases. Y la verdad, no la culpo por querer salir de Castillo, a su edad yo hubiese hecho lo mismo. Claro, me sorprende lo rápido que se movieron las cosas, como si hubiera estado esperando este traspié.

Atónita, Amelia abrió los ojos. Sus padres ya le habían comentado las sospechas del agente policial y, al escuchar esa última frase, algo en su cabeza se activó.

—Señora Tellerman, ¿Cree usted que Anna sería capaz de hacer cualquier cosa con tal de ir a la gira?

—¡Señorita Doral! —exclamó escéptica— Para nadie es un secreto que la señorita Rivera siempre ha visto la relación entre las dos como una rivalidad, pero de eso a confabular para que usted perdiera la oportunidad y sobre todo de esta manera, ¡jamás! Me niego, incluso, a valorarlo como una posibilidad.

—Y si le dijera que los agentes policiales encontraron en la llanta de mi carro unos artefactos que provocaron que se desinflara, y que esos mismos artefactos estaban justo donde yo había dejado estacionado mi carro en la escuela musical. Al parecer, alguien quería que, mínimo, yo no llegara a tiempo a la cita con los agentes. Sobre el atropello, también me cuesta creer que Anna pueda estar involucrada, pero…—cerró de nuevo los ojos y lloró un poco— esa noche ella venía del estacionamiento con las manos sucias, ¿lo recuerda? Es mucha coincidencia señora Tellerman.

—Vaya —respondió sorprendida la directora—, tienes razón, Amelia. Ella llegó a lavarse las manos. ¡Oh por Dios! ¿Le dijiste esto a los agentes?

—No, aún no. No estoy segura si deba hacerlo. Podría ser una mera coincidencia.

—Pienso lo mismo, Amelia. De momento no les digas nada.

—¿Decir qué? —preguntó una voz detrás de Claudia Tellerman.

Las dos mujeres dirigieron la mirada hacia la puerta. Era Horacio Navarro, que había llegado en ese instante con un diminuto ramo de rosas.

—¡Mi amor! —emitió con júbilo Amelia, estirando los brazos.

Fue inevitable que los ojos de Horacio se enfocaran hacia el muñón de su novia, quien de inmediato lo ocultó bajo las cobijas, provocando un silencio incómodo que, atinadamente, la señora Tellerman supo disipar.

—Horacio, es de mala educación entrar a un recinto sin avisar —regañó la directora.

—Mil disculpas Claudia, —respondió, poniéndose la mano en el pecho— no sabía que Amelia tenía visitas y entré así para que se sorprendiera al verme.

Horacio Navarro era algunos años mayor que Amelia, estudiado y buen mozo, aunque algo arrogante. No era ducho para las artes, pero sí ágil en los negocios y desde hacía un buen tiempo se dedicaba a la representación de músicos, cantantes, actores y deportistas dentro y fuera de Castillo. Claro, no era que en Castillo pululasen este tipo de luminarias como años atrás, pero de vez en cuando aparecía una persona con futuro prometedor como Amelia.

La relación de su noviazgo no era mayor a los dos años, aunque se trataban desde bastante más tiempo, siendo que Horacio tomó la representación de Amelia cuando algunas orquestas de la capital comenzaron a preguntar por ella. Desde entonces ha buscado concretar una buena oportunidad artística para su novia y económica para él.

Horacio era de los pocos que llamaban a la señora Tellerman por su nombre, cosa que a ella no le causaba la más mínima gracia, pero debía mantener buenas relaciones con él pues, ante cualquier negocio, la escuela de música también se vería beneficiada. Por ese motivo, y por el prestigio de la escuela, veía inapropiado que saliese a la luz información tan escandalosa y circunstancial como la que Amelia acababa de suministrarle.

—Regresaré apenas tenga resuelto lo de tus clases y las de… —hizo una breve pausa— recuerda lo que te dije: hay que seguir adelante.

La directora esgrimió una leve sonrisa, dio media vuelta y se marchó, no sin antes echar un vistazo al ramo de flores que Horacio sostenía.

—¿Cómo estás mi vida? —preguntó Horacio, sentándose en la cama.

—Mal.

—¿Mal? ¿Qué pasó Amelia? ¿Qué te dijo Claudia?

Amelia le contó a su novio lo que había acontecido con Anna y la gira a Europa, sin embargo, omitió mencionarle la relación que pudiese tener ella con el atropello. Aunque se alegraba por su compañera y por la escuela, por dentro se sentía desconsolada. De la noche a la mañana, su vida había cambiado para siempre.

CAPÍTULO IV: ADIÓS PIANO

Tras varios días en el hospital, la cabeza y el corazón de Amelia se llenaron de sentimientos negativos, sumiéndola en una amarga depresión. Había dejado de ser la joven dulce y amable, incluso, tratando de mala manera al personal del hospital.

Horacio le visitaba poco y, cuando lo hacía, no demoraba mucho. No le gustaba usar el teléfono porque era complicado manejarlo con su mano débil y eso le hacía sentir inútil. Sus padres eran los únicos que día a día estaban a su lado y trataban de levantarle el ánimo.

Los doctores habían considerado que Amelia se estaba recuperando de los golpes y raspones con satisfacción, y que no había necesidad de alargar su estadía en el hospital, siendo que podía terminar de sanar de la fractura y del muñón en casa. Por eso habían decidido darle la salida en horas de la tarde.

Su madre le ayudó a recoger las pocas cosas que tenía en la habitación y, montada en la silla de ruedas, se marcharon. Camino a la salida, la señora Doral se detuvo para ir un momento al baño, dejando sola a su hija. Al otro lado del lobby, un niño trataba de sacar un refresco de la máquina expendedora, provocando en Amelia un antojo terrible tras pasar una semana ingiriendo las bebidas que le daban las enfermeras. Revisó el bolso de su madre para ver si traía consigo algunas monedas que le pudiera servir y, al encontrarlas, miró con alegría a la máquina. Ahora solo faltaba acercarse a la fuente de refrescos.

Era la primera vez que Amelia se sentaba en una silla de ruedas y no tenía ni la menor idea de cómo valerse por sí misma en ese aparato. Intentó poner en marcha la silla colocando su única mano en la rueda, pero no logró avanzar ni un centímetro. No tenía la suficiente fuerza para hacerlo y, aunque la tuviera, lo que haría sería girar nada más. Entonces, la alegría que había sentido, se tornó en frustración.

Miraba con rabia hacia la máquina cuando, de pronto, la silla comenzó a andar hasta quedar de frente a ella. Creyó que su madre había regresado del baño y giró su cabeza para agradecerle, pero, en su lugar estaba un joven de cara amistosa, vestido con uniforme del hospital y asido a las empuñaduras de la silla.

—¿Qué demonios cree que está haciendo? —reclamó airada.

—¡Disculpe señorita! —dijo el joven, soltando la silla—. La estaba observando y supuse que quería un refresco de la máquina, solo quería ayudarla, yo trabajo acá. Me llamo Ernesto, ¿y usted?

—¡Largo! —le contestó, visiblemente molesta.

La respuesta de Amelia era consecuencia de todo lo que estaba viviendo: el atropello, la pérdida de su mano, la recuperación, la gira, y no se sentía nada cómoda sabiendo que en adelante dependería de la ayuda de los demás para realizar algunas actividades, por más básicas que fueran. Pero lo que dijo el joven le sacó de esos sentimientos por un instante.

—¿Largo? ¿Tu nombre es Largo, como el de la Familia Addams? —bromeó.

Amelia hizo gesto similar a una sonrisa que duró escasos dos segundos y regresó a su estado anterior. El joven parecía complacido con el efecto efímero que tuvo su comentario y se quedó sonriendo, como esperando que ella le dijera su nombre.

—¡Amelia! —exclamó a lo lejos la señora Doral, al ver que su hija estaba en un lugar distinto del que la había dejado.

—Amelia. Qué lindo nombre —dijo Ernesto, ante la cara de decepción de la chica tras haber sido revelada su identidad, para luego continuar su camino.

—Gracias mamá —dijo con mucho sarcasmo cuando la tuvo cerca—. Vámonos, quiero irme a casa.

Lucrecia tomó el control de la silla de ruedas y llevó a su hija hacia la salida, donde Victorino las esperaba en el automóvil.

Al llegar a su casa, Amelia sabía que adaptarse a su nueva vida sería difícil. El yeso en su pierna le iba a acompañar por unas seis u ocho semanas, las heridas sanarían más rápido, pero, aprender a convivir con solo una mano le tomaría toda la vida. Por el momento, Amelia solo quería encerrarse en su cuarto y dormir, con el anhelo de despertar más tarde y darse cuenta de que todo había sido un mal sueño.

Con ayuda de sus padres entró a la casa y se topó de frente con su piano. Lo miró con detenimiento y giró la cabeza hacia sus padres.

—Llévenselo. Véndanlo, regálenlo, destrúyanlo, hagan lo que quieran con él, pero no lo quiero ver en esta casa nunca más.

—Pero, Amelia —intentó reprochar su padre.

—No, papá. Nunca más podré tocar el piano. No puedo y no quiero. Coordinen con la señora Tellerman para que se lo dé a alguno de los alumnos de la escuela.

—Está bien, hija. Hablaremos con Claudia —aceptó resignada su madre.

—Y una cosa más, —acotó la joven— no me traten como a una inútil. Voy a estar bien.

Habiendo dicho eso, la acompañaron hasta su cuarto donde permaneció encerrada hasta la mañana siguiente.

CAPÍTULO V: UNA NUEVA REALIDAD

Los primeros días en la casa de la familia Doral fueron muy difíciles. Para Amelia resultaba un martirio manejarse sin ayuda de sus padres, por más que no quisiera, dependía de ellos para bañarse o vestirse y desplazarse por la casa, por eso prefería pasar todo el día en el cuarto viendo la televisión o durmiendo.

Los tiempos de comida eran un suplicio, porque no se acostumbraba a comer con la mano izquierda y en ocasiones derramaba lo que llevaba en la cuchara. Llegó a tal punto, que casi no comía para evitar la desazón y, si era del caso, comía un sándwich, una galleta o cualquier cosa que no requiriera tal destreza.

Había dejado de utilizar su teléfono pues se le complicaban cosas como escribir o deslizar la pantalla sin que este se cayera. Igual le pasaba con la computadora: manejar el ratón o, simplemente, escribir, se tornaba una pesadilla.

Pero no sólo a nivel físico tenía problemas, Amelia alternaba a lo largo del día terribles episodios de enojo, negación y culpa. Por la mañana pasaba despotricando contra el culpable anónimo de su atropello, por la tarde se ensimismaba sobre la almohada, incrédula de que su futuro se hubiera acabado y por la noche repasaba en su mente las múltiples posibilidades de haber sorteado aquella tragedia: si tan solo Horacio la hubiese ido a recoger, si no hubiese llovido, si hubiese salido antes que la señora Tellerman o después de Anna, si hubiese continuado manejando hasta la gasolinera. Incluso atravesaba por sus pensamientos la idea de que, si nunca hubiera tocado el piano, en este momento tendría su mano derecha.

Amelia no dormía bien. Las pesadillas le despertaban a cada rato y las trataba de evitar manteniéndose en vela. De todas ellas, había una que le era recurrente: se soñaba tocando con sus dos manos el viejo piano que tenía en su casa, en un hermoso teatro abarrotado de personas, con un deslumbrante vestido rojo. Tocaba una canción que nunca había escuchado y aunque tenía las partituras al frente, no podía identificarlas. El público le aplaudía tanto que el teatro retumbaba. Pero de pronto comenzaba la pesadilla. Las notas del piano empezaban a trabarse y la hermosa música que inundaba el teatro se transformaba en horrendos tonos. Su mano derecha se iba desvaneciendo de a poco, convirtiéndose en un espantoso muñón. El hermoso teatro mutaba en un horrible salón, viejo y sucio, lleno de raíces adheridas a las paredes y en cuyos ventanales lograba divisar espantosas siluetas que lanzaban horribles carcajadas. Entonces despertaba llorando.

Acompañado de las pesadillas, aparecía un insoportable dolor en el muñón, normal en los casos de amputaciones, pero que cada vez era menos tolerable. Por todo esto ya no quería dormir y eso ocasionaba que pasara de mal humor durante el día. De la chica dulce y risueña quedaba muy poco.

Por otro lado, la investigación sobre su atropello estaba estancada. El departamento policial de Castillo era bastante limitado y se reducía a unos cinco policías y dos patrullas. Los agentes poco podían hacer con las escasas evidencias que habían logrado recabar y estaban avocados a resolver, primero que todo, los otros tres incidentes que involucraban a mujeres también. Además, tal como Amelia había acordado con la señora Tellerman, no les había mencionado nada sobre las sospechas que tenían de Anna, quien, a su vez, estaba pronto a salir de gira hacia Europa.

—Amelia, no es bueno que estés encerrada todo el día en tu cuarto —recomendó su madre, de pie junto a la puerta— sal al menos al jardín.

—No, mamá. No quiero. Además —comenzó a cambiar canales—, ya estoy manejando bien el control remoto.

Su madre le miró con tristeza. Entendía lo que podía estar sintiendo su hija, sabía que estaba dentro de lo normal, pero no tenía idea de cómo sacarla de ese bache. Por suerte, el timbre de la puerta sonó y Lucrecia fue a atender. Era Horacio que llegaba a visitar a Amelia y consigo traía un par de rosas.

Amelia no lo veía desde que estuvo en el hospital. Él era un hombre muy ocupado y ella había decidido no usar más su teléfono móvil. Lo poco que conversaban lo hacían por el teléfono fijo de la casa. Cuando se encontraron en la sala, Horacio no podía evitar ensañar la mirada en el muñón de su novia, haciendo que se sintiera incómoda por la forma en que lo hacía.

—Si no te gusta, no lo mires y ya —dijo en forma grosera la joven.

—No es eso, Amelia, es sólo que no asimilo aun lo que ha pasado.

—¿Lo que ha pasado? —dijo con ironía—. ¡Lo que me ha pasado!, querrás decir —y levantó el muñón, poniéndoselo en frente.

Horacio guardó silencio, esquivando, ahora sí, ver el brazo de su novia.

—Supongo que ha sido muy difícil para ti *a-si-mi-lar* todo esto y por eso casi no fuiste al hospital ni has venido a visitarme —reclamó entre lágrimas.

—Han pasado muchas cosas Amelia. He tenido que resolver todo lo de la gira tras tu accidente.

—¿La gira? —explotó— ¡La gira se fue al carajo! ¿Acaso no te diste cuenta?

Una vez más, Horacio guardó silencio, pero sin quitarle la mirada. Parecía como si quisiera decirle que esa aseveración no era del todo correcta. A Amelia le tomó unos segundos darse cuenta de lo mismo.

—Dime que Anna no te contrató para que la representaras —solicitó desconcertada.

Horacio no emitía un solo sonido. Estaba inerte en el sillón. Sabía que no había nada que pudiera decir que no fuera a desatar la ira de Amelia. Y su silencio le daba la razón a ella.

—¡Rompiste tu promesa, Horacio! —le gritó.

Cuando Horacio y Amelia formalizaron su relación, dos años atrás, ella le pidió que por ningún motivo representara a Anna Rivera. A pesar de la dulzura de Amelia, no era ingenua, y sabía que su compañera le envidiaba todo en su vida, pero ella la seguía tratando como una amiga más, con algunas reservas.

Horacio se levantó del sillón y se enrumbó hacia la puerta.

—Mañana salgo con ella hacia Europa. La acompañaré unos días para coordinar algunas cosas allá y estaré de vuelta antes de lo que imaginas. Son solo negocios Amelia.

Horacio no esperaba ninguna respuesta de parte de su novia, así que abrió la puerta, la miró una vez más, hizo un gesto con los hombros y salió de la casa.

El atropello había alterado los planes de los promotores de la gira, por eso, la misma mañana después del incidente, Horacio se reunió con ellos y, a escondidas de Amelia, les sugirió la participación de Anna Rivera en lugar de ella, convenciéndoles de que así no tendrían que volver a buscar entre los postulantes y perder tiempo desplazándose a otro lugar para las respectivas coordinaciones, además de que Anna estaba preparada, en todo sentido, para irse de gira.

    Horacio era, ante todo, hombre de negocios y ya tenía muchas cosas planificadas para Amelia durante la gira. Su idea era colocarla en alguna de las mejores escuelas musicales del viejo continente y para eso ya tenía avanzadas las conversaciones con varias de ellas en Francia, Portugal, Alemania y Suiza. Es por eso que no quería desperdiciar todo su esfuerzo y sabía que Anna no iba a dudar ni un segundo en tomar esa oportunidad porque deseaba salir de Castillo a como diera lugar, sabía que cualquiera de las dos tenía una carrera asegurada en Europa tras la gira y, por ende, él también tendría el éxito garantizado.

CAPÍTULO VI: DIAMANTE VERDE INCRUSTADO

Los pocos días que Horacio había prometido estar en Europa se estaban extendiendo a casi cuatro semanas ya que la participación de Anna en la gira resultó ser todo un éxito y tenía deslumbrados a los encargados de la Marquand Music Band, a tal grado, que lograron concretar varias fechas más en el continente gracias a ella.

Mientras tanto, en Castillo, Amelia recién se había liberado del yeso que protegía su pierna y su fractura había sanado con satisfacción según los resultados de las radiografías. En cambio, los dolores en su muñón habían aumentado, sumándosele a ello una terrible comezón que le provocaba largos episodios de descontrol y, a todo esto, ya los medicamentos no surtían el mismo efecto.

Por las noches las pesadillas seguían atormentándola, haciéndola despertar en cualquier momento de la noche dando gritos. Los padres de Amelia debían lidiar día y noche con su mal carácter y hacían todo lo posible para animarla, incluso la alentaban a comer bien para que, cuando Horacio volviera, la encontrara en buena forma y pudiesen retomar las intenciones de comprometerse.

En la escuela de música las cosas marchaban bien. La señora Tellerman había logrado hacer malabares para suplir a Anna con un amigo pianista que residía en Solana, un pueblo algo lejos de Castillo y ella misma se había encargado de los alumnos de Amelia. Para finales de año esperaba tener listo el siguiente espectáculo musical, aunque sin la presencia de sus mejores exponentes, pero detrás de ellas venían jóvenes promesas del piano que sin lugar a dudas darían un gran show.

Amelia se pasaba la mayor parte el tiempo en su cuarto, jugando con la computadora que ya había logrado dominar. Lo que sí había dejado del todo era su teléfono móvil, que se había convertido en otro dolor de cabeza.

Una noche, mientras miraba las noticias en El Castillense, periódico digital de Castillo, se encontró con una nota sobre Anna Rivera, destacando su participación en Europa con la Marquand Music Band y la posibilidad de quedarse en Francia dando clases de piano. Las náuseas no tardaron en llegar, pero Amelia no deseaba darle poder a su excompañera de que, estando tan lejos, le arruinara la vida, así que respiró hondo y se tranquilizó.

Lo que Amelia no pudo evitar, fue observar la foto que acompañaba la nota sobre el desenvolvimiento de Anna en Europa. No podía dar crédito a lo que veían sus ojos. Aumentó la imagen lo más que pudo, se le hizo un puño el corazón y, entonces sí, vomitó. Tomó el teclado con su mano izquierda y lo reventó contra la pared y comenzó a dar gritos histéricos, para luego dar paso al llanto.

Luego, fue hasta su mesa de noche y sacó el frasco de pastillas para el dolor que le habían recetado, lo abrió y, de un golpe, ingirió cuantas pastillas pudo.

Lucrecia escuchó el alboroto desde la cocina, pero se había acostumbrado tanto a las rabietas de su hija que no les hizo caso. Siguió preparando la cena, pero una punzada en su corazón le advirtió que algo andaba mal y sin perder tiempo fue al cuarto de Amelia. Intentó abrir la puerta, pero su hija la había cerrado por dentro y no respondía ante la insistente solicitud para que le abriera. Desesperada, golpeaba la puerta en un esfuerzo vano por abrirla. Amelia seguía sin responder.

Cuando Lucrecia escuchó llegar a Victorino, corrió hasta la sala para alertarle de lo que estaba sucediendo y él, de inmediato, corrió hasta el cuarto, tomó impulso y de un fuerte golpe derribó la puerta. Ahí estaba Amelia, tirada en el suelo, pálida, casi inconsciente, sosteniendo aún en su mano el frasco de pastillas. Sus padres le hablaban entre llantos tratando de que reaccionara. Victorino sacó su teléfono para marcar el número de emergencias, pero en ese instante Amelia tímidamente abrió los ojos y movió su boca.

—Papá —dijo con voz débil, antes de desvanecerse—, ¿por qué mejor no morí en el accidente?

Sobre su escritorio estaba la computadora, en cuya pantalla se podía apreciar, a detalle, la mano de la joven Anna y, en su dedo, un hermoso anillo de compromiso plateado, con un enorme diamante verde incrustado.

CAPÍTULO VII: EL MIEMBRO FANTASMA

Amelia tocaba el piano frente a una multitud que permanecía en absoluto silencio, como encantada por las dulces melodías que ejecutaba magistralmente. Poco a poco las notas comenzaban a trastabillar y, con ellas, la apariencia del lugar se ensombrecía, brotando raíces por cada rincón. El golpeteo incesante en uno de los ventanales hizo que Amelia dejara de tocar para observar las dos siluetas que le llamaban desde afuera. Una de ellas levantó su mano y la pegó a la ventana. Desde su asiento, la joven pianista pudo ver la sortija que presumía la silueta y en ese momento su mano derecha empezó a desaparecer, tras un indescriptible dolor que le hizo despertar de la pesadilla.

—¿Papá? ¿Mamá? —preguntó Amelia, con la misma debilidad con que abría los ojos.

El blanco de la habitación y el *beep* que escuchaba a su izquierda le indicaron que se encontraba en el hospital. Estaba somnolienta, su garganta le molestaba, tan solo tragar saliva le provocaba dolor, además, sentía ganas de vomitar.

—Hola, nos encontramos de nuevo —dijo el enfermero.

—La... ¿Largo?

Junto a ella estaba el hombre que, sin éxito, había intentado ayudarla aquel día en la máquina de refrescos, vestido con uniforme azul, un estetoscopio en el cuello y con una mirada tan amable, que hizo sentir a Amelia tranquila ante la ausencia de sus padres. La respuesta de la paciente le causó gracia y no pudo contener las ganas de responderle con voz pausada.

—¿Llamó usted?

Amelia quiso reír, pero, el sólo intento de hacerlo, le provocó un ataque de tos. El lavado de estómago al que había sido sometida le había dejado como consecuencia la garganta lastimada, además del efecto de la sedación. El enfermero la tranquilizó, a la vez que se disculpaba por la broma que ocasionó los espasmos.

Los padres de Amelia se encontraban afuera de la habitación y entraron cuando la escucharon toser. El enfermero les contó lo sucedido para que no se asustaran y abandonó el recinto.

Tras irse despertando de la anestesia, Amelia aprovechó para hablar con sus padres.

—Perdón papá, perdón mamá —dijo consternada—. Yo... yo solo quería acabar con este dolor, porque lo perdí todo: mi mano, mi carrera, mi futuro, mi novio. ¡Mi vida se terminó!

—No digas eso, hija —consoló Victorino—, no lo perdiste todo. Nosotros estamos acá.

—Quizás la vida te está llevando por otro rumbo, para que hagas otras cosas —acotó su madre.

—¿Y cómo se supone que voy a hacer con cinco dedos lo que antes hacía con diez?

—Existen dos caminos, Amelia: uno ya lo intentaste y no vale la pena. El otro es tener la esperanza de que todo saldrá bien —dijo Victorino.

—¿Cuál esperanza? ¿La de que mi mano vuelva a crecer? ¡ja! —refunfuñó molesta.

—¡Amelia Marcela Doral Martins! —reprendió Lucrecia, mirándola con ojos de furia.

Amelia les volvió la cara, mientras sus ojos escurrían algunas lágrimas. Hacía muchos años que su madre no la llamaba por su nombre completo, lo hacía únicamente cuando escenificaba algún berrinche y, como detestaba el nombre Marcela, esta era la forma más eficaz de poner alto a su rabieta. Amelia siempre había sido una hija respetuosa, cariñosa y educada, salvo la etapa de la adolescencia que no escapó de ser difícil. Y en estos momentos, por todo lo que estaba pasando, su comportamiento había cambiado de dulce y amable a tosco y amargado.

Por la tarde, el médico conversó con la familia Doral y les informó que el estado general de salud de su hija era satisfactorio: la fractura había sanado y sólo faltaba retomar la movilidad acostumbrada, de los golpes y escoriaciones habían quedado pocas cicatrices, el efecto de los medicamentos ingeridos había sido controlado a tiempo y, como mero protocolo, Amelia debía concertar una cita con el psicólogo del hospital. Sobre el muñón, este había sanado por completo y lo que Amelia estaba experimentando en las últimas semanas era un fenómeno muy normal luego de una amputación, llamado: *Síndrome del miembro fantasma*.

Este síndrome consiste en un cuadro de sensaciones, dolor, picazón, ardor o, inclusive, sensaciones erróneas en un miembro amputado pese a que ya no existe. Esto se da porque el cerebro tiene un área sensorial destinada al miembro y al no recibir estímulos por parte de este, el área crea sensaciones que le parezcan coherentes al cerebro.

La mañana siguiente Amelia fue llevada donde un enfermero para ayudarle con algo de terapia y aliviar la sensación de dolor en su muñón. Al entrar al salón, una cara conocida le esperaba: Ernesto Valdivia.

—¡Vaya, vaya! Dicen que la tercera es la vencida señorita Doral —exclamó el enfermero con alegría—. Espero que en esta ocasión sí podamos intercambiar más palabras. A ver, cuéntame, ¿cómo te sientes hoy?

—Mal —respondió tajante y con la cara amargada.

—¿Mal? ¿Te duele algo?

—Me duele todo. Me duele la garganta, me duele la cabeza, me duele la mano —dijo, levantando el muñón—, me duele el alma. ¡Maldita sea, soy una manca! ¡Soy una inútil!

—Tú no eres ninguna inútil. Y si lo fueras, serías la inútil con la sonrisa más linda del mundo.

—Usted nunca me ha visto sonriendo —respondió en tono antipático.

—No. Pero una cara tan linda como la tuya es inconcebible que no venga acompañada de una sonrisa angelical.

—Mi cara ya no importa. Ahora soy una manca y la gente sólo se fijará en eso —recalcó la joven, respirando y exhalando bastante molesta.

—Pues yo opino lo contrario, pero, por ahora enfoquémonos en hacer que tu cerebro deje de recibir esas señales que causan el dolor —dijo Ernesto, tratando de no incomodarla más—. Vas a ver que te sentirás diferente.

El enfermero le indicó a Amelia que tomara asiento y pusiera sobre la mesa los dos brazos. Fue al gavetero y sacó un espejo que colocó en medio de las extremidades, dejando oculta la mano amputada para que la mano izquierda se viera reflejada sobre ella. Luego le pidió que realizara algunos movimientos con la mano sana y que observara su reflejo en el espejo. La reacción de Amelia no se hizo esperar.

—¡No lo puedo creer! —celebró con una enorme sonrisa— ¡Se fue el dolor!

—Te lo dije.

—¡Sí! Tenía razón, es una sensación diferente.

—No, eso no. Me refería a tu sonrisa. Es la más linda del mundo. Y por favor, háblame de tú.

Amelia sonrió una vez más, pero esta vez con algo de pena. Sus mejillas se ruborizaron como no lo hacía desde antes del atropello y esto le provocó una sensación que creía no iba a volver. Era evidente que Ernesto, a pesar de su mano faltante, su estado físico a causa de la depresión y su mala actitud, veía en ella a alguien hermoso.

—Perdón por haber sido tan grosera antes —dijo mirándolo a los ojos.

—Descuida. Asimilar todo lo que te ha pasado no ha de ser fácil, por eso te entiendo. Además, mi madre perdió una pierna poco después de que yo naciera y me contó todo lo que sufrió por años, así que sé muy bien lo que puedes llegar a sentir.

—Siento mucho lo de su… —se detuvo para corregir— lo de tu madre.

Ernesto gesticuló emocionado porque supo que había logrado un avance con Amelia, gesto que, por supuesto, ella notó.

—Y, bueno —dijo para salirse de ese momento cursi— ¿cómo es que funciona esto del espejo? ¿Es magia, o brujería, o algo científico?

Ernesto se puso en cuclillas para estar a la altura de Amelia y verla directamente a los ojos.

—Es muy sencillo. Cuando miras el reflejo de tu mano izquierda en el espejo, tu cerebro crea la ilusión de estar viendo la mano amputada. Esa ilusión se da gracias a la presencia de neuronas llamadas *espejo*, que se activan en el cerebro cuando realizas alguna tarea, cuando piensas en ella u observas a alguien realizarla, entonces engañan al sistema nervioso central, restableciendo la conexión entre la experiencia visual, la intención de movimiento y la percepción de la mano amputada, logrando así, un alivio parcial o total.

Amelia estaba sorprendida, no solo por la explicación tan clara que Ernesto le había brindado, sino también porque no sentía dolor, y eso le había cambiado notablemente el ánimo. Cuando las personas se acostumbran tanto al dolor, olvidan realmente cómo se sentían antes de tenerlo.

—Ernesto, ¿tú eres doctor o...

—Enfermero —interrumpió—. Soy enfermero. Llegué aquí hace unos meses. Trabajé un tiempo en Solana, luego una temporada en Pennywalt y estuve unos meses en Millerfield antes de venir acá a Castillo.

—¿Y, por qué tanto cambio? ¿Y, por qué Castillo? —preguntó Amelia, tratando de averiguar más de su nuevo amigo— digo, si se puede saber.

—Soy enfermero voluntario. Cuando me gradué creí que sería fácil encontrar trabajo, pero el mercado está saturado. Así que me ofrezco de voluntario en los hospitales esperando que quede alguna plaza vacante. Si veo que está complicado después de un tiempo, me muevo a otro lugar —explicó, seguido de un gran suspiro—. Me han dicho que, en lugar de llegar, las personas quieren irse de Castillo, aunque, ahora que lo pienso, tengo un buen motivo para quedarme mucho tiempo por acá.

Amelia no sabía qué decir. Por su cabeza pasaban miles de palabras, frases y oraciones como si fueran torrentes de agua saliendo de las compuertas de una represa, pero no hallaba cuál de ellas sería la más apropiada para responder al sutil galanteo del enfermero. Tan sólo atinó a brindarle una sonrisa apenada y cuando cayó en cuenta que sus mejillas la habían delatado, se levantó de la silla para marcharse, pero Ernesto, en un acto que la tomó por sorpresa, la detuvo en su huida tomándola delicadamente por el muñón.

—Perdona —dijo Ernesto, soltándola completamente avergonzado.

—¿No te da asco?

—¿Qué?

—Tocar mi mano, bueno, mi muñón.

—Para nada.

—Mi ex novio le tenía asco. Después del accidente, las pocas veces que fue a verme a mi casa se quedaba observándolo y me hacía sentir incómoda, era notorio que le causaba repulsión.

—Me imagino que pronto volverán, si se amaban es muy probable —dijo Ernesto, tratando de darle aliento.

—No lo creo —respondió con mucha seguridad—, en estos momentos se encuentra en Europa, con la mujer que ocupó mi lugar en la gira y en su vida.

—¿Cuál gira? ¿Cuál mujer?

Amelia desistió de irse y tomó asiento de nuevo para continuar con los ejercicios del espejo, tiempo que aprovechó para contarle a Ernesto el caos en que se había convertido su vida tras el accidente: de cómo la policía no tenía pistas del o los culpables, de cómo la depresión la había consumido hasta hacerla odiar el piano, de cómo sus constantes pesadillas la atormentaban por las noches haciéndola despertar llorando, de cómo Horacio había terminado la relación unilateralmente estando en Europa para empezar una nueva con Anna Rivera y que la forma en que ella se había dado cuenta fue lo que detonó su fallido intento de suicidio.

Durante el siguiente mes, Amelia tuvo que continuar la terapia del espejo en su casa hasta que el dolor fuera disminuyendo, sin embargo, dos veces a la semana debía presentarse al hospital con Ernesto para ver los avances, practicar nuevos ejercicios y comenzar el proceso para una posible prótesis. Esas visitas semanales, con el tiempo, no solo ayudaron a sanar el dolor del muñón de Amelia, sino que, sin darse cuenta, le ayudaron a ir sanando el corazón.

CAPÍTULO VIII: ERNESTO

Amelia estaba recostada en su cama, concentrada en la lectura de un libro de Fernando Daniels, sobre dos de hermanas que emprenden una aventura en un mundo decadente. Hacía más de un año lo había comenzado, pero por cuestiones de tiempo se había visto en la obligación de posponerlo. Para manipular el libro se ayudaba con un soporte para páginas que le había regalado Ernesto en una de sus últimas visitas al hospital.

El aparato, una pequeña pieza de madera de cedro cuasi triangular y especial para leer con una sola mano, tenía un orificio en el centro donde se encajaba el pulgar y le permitía sostener las páginas con mayor facilidad. Sus padres le habían obsequiado una tableta electrónica, pero, a pesar de la dificultad que significaba manipular un libro físico con su mano débil, Amelia prefería el olor y la textura del papel de imprenta, incluso, se había puesto como meta aprender a escribir con su mano izquierda para poder hacer anotaciones.

Esa y otras ideas habían florecido de las charlas que tuvo con Ernesto cuando iba al hospital. Además de la terapia para reducir el dolor de su brazo, el enfermero había aprovechado el tiempo para cambiar la mentalidad negativa que residía en la mente y el corazón de Amelia y, gracias a su gentileza y paciencia, se había convertido en una especie de ángel salvador para la joven pianista.

Amelia, en el plano sentimental, aún no lograba superar la situación con Horacio, ya que por dos años se había entregado a un hombre que, ante la primera dificultad, la había abandonado para irse con otra mujer. Por eso, a pesar de que el trato amable, cariñoso y motivador de Ernesto no pasaba desapercibido para ella, su corazón no se encontraba listo para darse una nueva oportunidad.

—Mi amor —dijo Lucrecia, mientras le daba dos golpecitos a la puerta—, tienes una visita.

Amelia se levantó rápido de la cama y se miró en el espejo para ver si lucía presentable. Desarrugó un poco la ropa que andaba puesta, se acomodó el cabello, se puso unas zapatillas y salió del cuarto con una gran sonrisa.

Aun cuando las terapias tenían un mes de haber terminado, Ernesto la visitaba todas las semanas después del trabajo. Ambos se sentaban en la sala a conversar de cualquier tema y, entre charla y charla, el enfermero siempre buscaba la ocasión para motivarla a retomar el piano, a pesar que la joven estaba firme en su posición de mantenerse alejada de las teclas. Si bien ese día no habían quedado en verse, Ernesto era el único que la visitaba, pero cuando llegó hasta la sala, no era el enfermero quien había llegado.

—¡Señora Tellerman! —dijo con pasiva sorpresa.

—Hola, Amelia. A mí también me da mucho gusto verte —respondió con su acostumbrado sarcasmo.

—¡Perdón señora Tellerman! —exclamó al darse cuenta de su agravio— Creí que era alguien más.

—¿El joven del hospital del que tanto me hablas?

—Sí señora. Aunque no es tan joven —aclaró, con una pequeña risa—, me lleva unos años.

—Querida, a mi edad, hasta los de 50 son jóvenes —señaló, con lo que parecía algún tipo de chiste—. Y dime, ese "no tan joven" y tu… ¿Son algo?

—Oh no, no, no, no. Amigos nada más. Él es muy dulce y atento. Cuando me tocaba ir a terapia con él, siempre me recibía con algún detalle: un verso, un chocolate, una flor o un dibujo. Incluso lo sigue haciendo cuando viene a visitarme. Charlamos durante horas y, bueno, ha sido parte importante en esta recuperación física y mental, señora Tellerman.

—Por tu tono de voz, me atrevería a decir que también sentimental.

Amelia bajó la cabeza para que Claudia no notara cómo sus mejillas comenzaban a tornarse rojas, pero se le olvidaba que la anciana la conocía desde que era una niña y, a estas alturas, jamás podría engañarla.

—Ernesto es una buena persona y no le puedo negar que me emociona verlo —confesó Amelia—, pero no estoy preparada aún.

—Llegado el momento deberías darte una nueva oportunidad, con él o quien te haga sentir bien.

—Él me hace sentir bien. Mucho. No le importa cuán dañada esté, o cuán fea me vea sin mi mano. A veces me toma del muñón y siento pena, pero luego miro su cara y se nota tan normal que me siento como si estuviera completa. Hasta quiere que vuelva a tocar el piano. Él me hace sentir que tengo esperanza, que tengo futuro.

Pero soy yo la que todavía se siente como una inútil, como un mueble que está ahí nada más, sin valor alguno.
  —Amelia, por favor. Tu valor jamás lo perderás.
  —Pero, ya no seré la misma.
  —Ahora serás más fuerte.
  —Gracias, señora Tellerman. Le juro que estoy trabajando en eso.
  —En hora buena, Amelia —aprobó, dando un gran respiro para continuar—. Ahora quisiera contarte el propósito de mi visita.

Claudia Tellerman logró driblar con éxito la ausencia de sus dos mejores pianistas, pero a su edad ya no sentía la misma energía para volver a enseñar música y, aunado a su carácter seco y estricto, algunos alumnos habían optado por retirarse de las clases. Por eso, en su cabeza rondaba la idea de que Amelia retornara a la escuela para continuar como profesora, sin embargo, había llegado a oídos suyos que ella estaba manifestando animadversión hacia el piano.

Sabía que convencerla no era tarea fácil, que volver a la escuela a enseñar sin poder tocar el piano como lo hacía antes no era para nada atractivo, pero confiaba en que el trabajo que estaba realizando Ernesto pudiese allanar el camino.

Para una persona que ha perdido una mano, en especial la derecha, no significa un impedimento para tocar el piano. Existen arreglos para tocar con la mano izquierda, eso sí, requieren un alto nivel técnico y para ellos existían dos caminos: reinventar la música existente o crear nuevas obras para ser interpretadas con ella. De ambas opciones, la señora Tellerman estaba segura que Amelia era capaz.

Cuando le hubo expuesto el tema, la joven rechazó la propuesta de inmediato, alegando todo lo que ella ya sabía. Ahora su única oportunidad residía en la capacidad de convencimiento que tuviese el enfermero para lograr acercarla de nuevo al piano. Lastimosamente, ese no era el único punto que debía tocar en su visita.

  —No quiero ser portadora de malas noticias, pero —dijo Claudia, haciendo un esfuerzo por no sonar dramática—, Anna y Horacio regresan a finales del próximo mes.
  —¿A qué? —preguntó Amelia, transfigurada por la noticia.

—Al parecer está haciendo bien las cosas en Europa y su estadía se va a prolongar aún más. Le están pidiendo unos documentos y debe venir por ellos.

—Ese futuro era el mío, señora Tellerman —reclamó consternada.

—Pero no solo vienen por eso.

—¿A qué más regresan?

Al notar la incomodidad de Amelia y la expresión en su rostro, la señora Tellerman hizo una gran pausa. No era una mujer amiga de los chismes ni pasaba pendiente de la vida de los demás, pero la información que debía darle a su pupila era necesaria para que no la tomase por sorpresa.

¿A qué regresan a Castillo, Claudia?

Nunca en la vida Amelia había llamado por su nombre a la señora Tellerman, pero la mujer pasó este hecho desapercibido dada la magnitud de lo que le iba a responder.

—Vienen a casarse.

Claudia se levantó de su asiento para retirarse mientras Amelia despotricaba contra ambos traidores. Estaba consumida en ira, tanto, que ni siquiera notó cuando su visita se marchó de la casa. Afuera, la señora Tellerman se topó con un hombre vestido de uniforme hospitalario acarreando un ramo de girasoles que se dirigía hacia la puerta.

—Usted debe ser Ernesto. Claudia Tellerman —se presentó.

—Un gusto señora Tellerman, Amelia me ha hablado mucho...

—Necesito conversar de urgencia con usted —interrumpió la dama—. ¿Dónde podríamos reunirnos lo antes posible?

Ernesto alquilaba una modesta habitación en un edificio de apartamentos en el centro de Castillo, debajo del cual había una librería-café que no hacía mucho tiempo había reabierto sus puertas tras un lamentable incidente.

—Starbooks, ¿la conoce?

—Y quién no —respondió con su conocida sequedad—. Veámonos ahí a esta misma hora mañana y, por favor, que Amelia no se dé cuenta.

Luego de poner al tanto a Ernesto del escenario que se iba a encontrar al ingresar a la casa de Amelia, la señora Tellerman continuó su camino, consciente de que había echado a andar su plan para que la chica volviera como profesora a su escuela.

CAPÍTULO IX: TIEMPOS MEJORES

En 1998, a Claudia Tellerman se le ocurrió reunir a profesores y alumnos de la escuela de música, para brindar un recital donde el pueblo de Castillo pudiese disfrutar de sus habilidades musicales. En aquella época, la escuela contaba únicamente con dos medianos salones y una pequeña oficina que funcionaba como dirección, pero como Claudia visionaba crear una gran institución, así que la actividad serviría para recaudar fondos para poder mejorar la infraestructura del momento.

La respuesta del público castillense fue tan buena, que la directora organizó un segundo recital al año siguiente y fue así como se volvió tradición presentar un espectáculo cada diciembre. Con el pasar del tiempo, el fin de los recitales dejó de ser para recoger fondos y se convirtió en toda una actividad lucrativa que derivó en la construcción, sobre el mismo terreno, de un edificio de dos pisos con todas las facilidades y comodidades para sus integrantes.

La velada reunía a alumnos y profesores que se presentaban de forma individual, para luego cerrar con un majestuoso acto donde todos los miembros de la escuela se unían e interpretaban una pieza musical. Durante los últimos años, Amelia se había convertido en el centro de atención del espectáculo, encantando a todos los presentes con su habilidad para el piano, logrando así, que cada concierto se llevara a cabo con todas las localidades vendidas.

La indiscutible ausencia de su mejor exponente para esta velada, había puesto en aprietos a la señora Tellerman, obligándola a tomar una medida extrema, ya que no podía darse el lujo de que la actividad fracasara por primera vez. Claudia Tellerman se reunió con Horacio cuando recién habían regresado a Castillo y le solicitó que Anna Rivera, tras la fama adquirida por su desenvolvimiento en Europa, se presentara como música invitada y, por supuesto, tras una jugosa suma de dinero. Sin embargo, Horacio rechazó la petición de la directora, ya que su novia no tenía ningún interés en volver a tocar para la escuela que, según ella, nunca le dio el lugar que se merecía. Pero, Claudia Tellerman no había llegado a cosechar tanto éxito jugando del todo limpio.

—La noche del accidente de Amelia, alguien colocó unos abrojos en su espacio de estacionamiento, ocasionando la pérdida de aire en una de sus llantas —comenzó a explicar la señora— que a la postre desencadenó en esta terrible tragedia.

—Recuerdo haber leído eso en el informe policial que le dieron a los Doral, pero dígame —preguntó confundido Horacio—, ¿qué tiene que ver esto con lo que usted me está acaba de solicitar?

—Esa noche, cuando sólo Amelia y yo quedábamos en la escuela, apareció Anna de repente.

—Ajá.

—Venía del parqueo con las manos sucias, alegando que se había caído al intentar recoger sus llaves.

—Vamos al grano Claudia, ¿qué me está intentando decir?

—Que, si Amelia y yo fuéramos a la policía para contar este minúsculo dato, la señorita Rivera se podría ver implicada. Claro, no dudo que Anna haya dicho la verdad y que fácilmente sería descartada como sospechosa. Pero la noticia podría llegar a oídos de la prensa y, en estos momentos con la fama en Europa y una boda por celebrarse, sería una lástima que llegase a suceder algo así.

Horacio miraba fijamente a Claudia, manifestándole con desagrado que comprendía muy bien la jugada que estaba realizando. Pero él, como hombre de negocios, también sabía que en su lugar habría hecho lo mismo.

—Está bien, Claudia. Anna estará en el recital. Queda entre nosotros la verdadera negociación. Hasta entonces —se despidió, para luego agregar algo más antes de marcharse—. No espere una invitación a nuestra boda.

La señora Tellerman anunció de inmediato, por todo lo alto, la participación de la "sensación de Europa" en el próximo recital, asegurándose así, la venta de todo el boletaje.

No pasó mucho tiempo para que la noticia llegara a oídos de Amelia, incluso antes de recibir la llamada de Claudia para contarle lo sucedido. La joven aceptó el cambio de roles mejor de lo que se podía esperar, en parte, gracias a Ernesto, con quién llevaba algunas semanas de haber comenzado una relación de noviazgo. El enfermero había logrado, por fin, ganarse el corazón de la joven. La paz que había encontrado a su lado le permitió asimilar con madurez que no sería parte del recital este año, al menos no tocando el piano porque, como una forma de involucrarla en la actividad, la señora

Tellerman había conseguido convencerla de ser la anfitriona en lugar suyo.

Atrás habían quedado los sentimientos que la sumieron en depresión, las terribles pesadillas nocturnas, los dolores físicos y emocionales, incluso, el odio por el piano. La presencia de Ernesto en su vida funcionaba como bálsamo sanador. Había encontrado en él a un hombre sensible y amoroso, que le había devuelto la vida, que había llenado el vacío que el traidor de Horacio dejó tras marcharse a Europa.

El cambio que tuvo Amelia fue tan positivo que la llevó a animarse a tocar el piano de nuevo. Su viejo instrumento había sido guardado en el sótano de la casa por sus padres, que nunca perdieron la fe de que volviera a tocarlo. En medio de toda su tragedia, comprendió que tener una sola mano no era un obstáculo para abandonar la música, era difícil, sí, mas había obtenido la motivación suficiente para retomar su pasión.

Lo primero que se propuso fue escribir partituras para su mano izquierda; para ello buscó los repertorios más fáciles y los adaptó a su nueva situación, siendo este el primer paso para luego avocarse a crear nuevas obras. La sensibilidad musical de Amelia le facilitó mucho el trabajo y en cuestión de dos días había completado su primera obra para tocar con la mano izquierda. Conversando con Ernesto se preguntaba si alguien más tendría ese predicamento y fue así como nació la idea de escribir un libro con ejercicios, técnicas y obras para pianistas que tuvieran su misma discapacidad.

El inicio de este proyecto no pasó desapercibido en la escuela de música y fue así como llegó a conocimiento del periódico local, que de inmediato concertó una cita, a través de la señora Tellerman, para realizar una nota y contar la historia de Amelia, desde el accidente hasta su regreso al piano. Como era de esperarse, el reportaje circuló rápidamente a través de los medios, no sólo en Castillo, sino en otros lugares vecinos, generando indirectamente que las verdaderas razones del caso de su atropello estuvieran prontas a salir a la luz.

CAPÍTULO X: LA ADVERTENCIA

El último mes del año había arribado al fin. Los fríos decembrinos y los largos atardeceres, lejos de mantener a los castillenses encerrados en sus casas, los motivaban a medio ponerse un abrigo y salir a las calles a caminar para disfrutar del frío. Las compras navideñas, las decoraciones en las tiendas, las reuniones entre amigos hacían que Castillo pareciera un pueblo normal, distante del aburrido y soso lugar que acostumbra ser durante los demás once meses. Y si ya, de por sí, la amnesia corroía a los castillenses de enero a noviembre, muchos menos en el doceavo mes la gente se acordaba de las misteriosas muertes de aquellas mujeres, ni del voraz incendio que consumió Crepúsculos Dorados o de la falta de un cura tras la extraña muerte del padre Dionisio; así como muchas cosas que ocurren en este lugar y pasan desapercibidas o mueren en el olvido.

No muy lejos de la escuela de música, el Auditorio Central de Castillo estaba listo para recibir esa noche a cerca de dos mil personas en el recital. Dicho recinto, creado en el 2001, se alzaba majestuoso en medio del paisaje urbano, destacándose como un hito arquitectónico de la ciudad. Contaba con grandes ventanales y un imponente portal como entrada principal, además se coronaba con una marquesina llamativa que le hacía sobresalir entre los demás edificios a su alrededor. El auditorio servía de casa para los espectáculos musicales que la señora Tellerman organizaba una vez al año por su belleza, capacidad, ubicación y acústica. Conforme caía la tarde, la iluminación del lugar sobresalía de tal manera, que se podía distinguir desde la larga carretera que guiaba hacia Castillo.

Amelia caminaba entre tiendas tratando de encontrar algún adorno que combinara con el vestido rojo que usaría en la gala. Afuera de una de uno de los locales, un indigente pedía dinero sentado en la acera, al verlo, Amelia tuvo una sensación extraña, buena, pero extraña. Entonces hurgó con su única mano en los bolsillos del abrigo para sacar las ultimas monedas que le quedaban y se las dio.

Había quedado de encontrarse con Ernesto afuera del hospital para, de ahí, salir hacia el auditorio. La emoción que albergaba en sus adentros le hacía soñar despierta por la calle, presentando a sus ex alumnos y ex compañeros, incluso a Anna, con quien, internamente, ya había hecho las paces. Pero el golpe seco con un transeúnte le despertó. Había chocado de frente con un hombre alto y delgado, ataviado con una gruesa gabardina oscura, guantes, bufanda y un sombrero de ala ancha que le cubrían, casi en su totalidad, el rostro. Por su forma de vestir, abrigado hasta los huesos, sabía que no era un castillense

El hombre siguió su camino como si nada hubiese sucedido, mientras Amelia le seguía con la vista. Entonces, molesta por su descortesía, extendió hacia él su brazo derecho lo más que pudo, como si su mano estuviera mostrándole el dedo del centro. Fue una reacción espontánea, salida del corazón, un desahogo indescriptible. Había descubierto, de la manera más impensable, una forma sutil de demostrar su malestar contra alguien y salir airosa de la situación.

Amelia respiró hondo llena de satisfacción y terminó de ver al hombre perderse entre el gentío. Con la cabeza en alto, dio media vuelta y siguió su camino, tan solo para chocar de nuevo con alguien más.

—¡Amelia!

Frente a ella estaba Horacio. Era la primera vez que lo veía en persona desde que se fue para Europa con Anna. Tenía una sonrisa imbécil, arrogante, como si se hubiese encontrado a una amiga con tiempo de no ver nada más.

—Horacio.

El desgano de su respuesta contrastaba con el momento que recién acababa de pasar con aquel desconocido. A Anna la había perdonado porque la conocía de años y sabía cómo era ella, pero con Horacio le era imposible. A estas alturas no había tenido el valor, siquiera, de disculparse por haberla dejado en su peor momento.

—Las noticias vuelan tan rápido en Castillo que me enteré por ahí que volviste al piano y que pronto sacarás un libro para músicos que solo tienen la mano izquierda. Me parece que un proyecto así, con la correcta publicidad, podría trascender en el futuro —comentó Horacio, metiendo la mano en su bolsillo—. Toma, tengo un nuevo número.

Horacio le entregó a Amelia una tarjeta de presentación, que inmediatamente guardó en su abrigo, pero al meter la mano en el bolsillo se asustó. Guardó la tarjeta y sacó un pequeño papel doblado a la mitad. "*Aléjese de él*" leyó con voz tenue al desdoblarlo. Amelia miró hacia todos lados, desatendiendo por completo a Horacio. Sabía que no tenía nada en los bolsillos y la única forma de que el papel hubiese llegado hasta ese lugar era por medio del hombre que la golpeó.

—¿Alejarse de quién? —preguntó Horacio.

Amelia posó sus ojos en él con nerviosismo. ¿Era Horacio de quien debía alejarse? ¿Quién era el hombre del sombrero? ¿Cómo supo que se toparía con Horacio de ser el caso? En cuestión de segundos la joven trataba de descifrar qué estaba sucediendo.

—De nadie —respondió Amelia y continuó su camino.

No había dado dos pasos cuando Horacio la tomó por el brazo derecho.

—Cuando esté listo tu libro, si necesitas un representante, llámame —dijo con demasiada confianza—. Sin resentimientos.

Desde la punta de los dedos del pie, hasta el últimos de sus cabellos, Amelia sintió un escozor furibundo. Apretó los dientes con todas sus fuerzas dispuesta a lanzarle una grosería, pero recordó la maravillosa sensación que había experimentado minutos atrás y decidió repetirla. Fue así que extendió el brazo derecho hacia su exnovio y lo puso a centímetros de su cara. En su mente tenía el puño cerrado y, poco a poco, levantaba el dedo del centro y lo blandía frente a él. Horacio, sin entender que intentaba hacer Amelia, dio media vuelta y se alejó perplejo. Amelia respiró hondo y se pintó una enorme sonrisa en la cara, guardó el papel y sacó la tarjeta de su bolsillo para tirarla en el primer basurero que encontrara.

Camino al hospital comenzó a sentirse observada. De vez en cuando paraba y daba atisbos a su alrededor utilizando los ventanales de las tiendas como espejo. Apuró el paso para llegar lo antes posible al trabajo de Ernesto y sentirse un poco segura.

Afuera del nosocomio, aguardaba el enfermero con un hermoso ramo de girasoles. Cuando se encontraron se fundieron en un abrazo como nunca se habían dado. Amelia se sentía protegida en los brazos de su novio, hasta que observó en el reflejo de los vidrios de la farmacia del hospital al hombre del sombrero que la observaba desde el otro lado de la calle.

—¡Es él! —dijo Amelia, aun aferrada a Ernesto.

—¿Quién?

—Choqué en la acera con un hombre y luego de eso creo que me ha estado siguiendo. Anda de gabardina, sombrero y bufanda.

Ernesto trató de soltarse para ubicar al hombre, pero su novia estaba tan asida a él que le era imposible. Como si fueran uno, el enfermero logró moverse para ver a su alrededor, pero no pudo divisar a nadie con esas características. Amelia se tranquilizó y le narró lo acontecido: el súbito choque con el hombre del sombrero, el encuentro con Horacio, la nota en el bolsillo y, por supuesto, el ademán que había hecho con su brazo.

—De ahora en adelante sabré que, si me haces ese gesto, me estás mandando a la mier…

—¡Ernesto! —Interrumpió sonrojada— No podría hacértelo. No eres la clase de persona que se merezca eso.

—Toma —entregó el ramo de girasoles, un poco maltrecho tras el abrazo—. Te los compré para que te den suerte hoy.

—Te amo, Ernesto —le susurró al oído.

Era la primera vez que le decía esas palabras. Los ojos de Ernesto se cristalizaron y respondió de la misma forma. Luego, tras un tierno beso, emprendieron el camino hacia el auditorio central.

CAPÍTULO XI: TRAS BAMBALINAS

La noche era perfecta. El auditorio estaba lleno a falta de 15 minutos para inicio de la velada. Si bien el espectáculo musical, ya reconocido por los castillenses, era suficiente pretexto para asistir, el morbo que se había generado por la presentación de Anna Rivera como música invitada y de Amelia Doral en su nuevo rol de presentadora llamaba poderosamente la atención.

Tras bambalinas; los músicos, técnicos y asistentes corrían de un lado para otro tratando de estar listos para empezar en punto. Claudia Tellerman tenía una habilidad increíble para coordinar semejante producción sin siquiera desacomodarse una pestaña. El garbo de la señora directora se reflejaba cada detalle del espectáculo.

En uno de los camerinos, Amelia terminaba de aplicarse un tenue maquillaje en la cara, apenas para complementar la belleza de su rostro y los dorados cabellos que le colgaban hasta los hombros. Lucía sobria en su vestido rojo, con un par de pendientes que su madre le había regalado para la ocasión y un discreto protector color piel para su muñón. Sabía que muchos de los asistentes a la velada estarían pendientes de su desenvolvimiento y prefería mantener oculto esa parte de su cuerpo.

—Amelia —llamó desde la puerta la señora Tellerman—, acompáñame un minuto.

Ambas se dirigieron detrás del escenario y, con sumo cuidado, la directora abrió una ranura en las telas y le mostró a su pupila el marco esplendoroso que le esperaba.

—En las primeras filas están sentados los invitados especiales: el alcalde y su esposa, el director del Colegio Montealba, la alcaldesa de Pennywalt, algunos miembros de la alcaldía de Solana y varios patrocinadores del evento.

—¿Quién se sienta ahí? —preguntó Amelia, señalando un par de asientos vacíos en ese sector privilegiado.

—El jefe de la policía —respondió—, pero no creo que llegue a tiempo. Me dejó un mensaje sobre un imprevisto que se les presentó en la estación y debían resolverlo.

Los parlantes internos indicaban la primera llamada. Antes de retirarse, Amelia aprovechó para observar a sus padres y a Ernesto que se ubicaban una fila más arriba. Camino al camerino, sucedió lo inevitable: se topó con Anna Rivera.

—Solo quería decirte que lo lamento mucho —exclamó con sentimiento la pianista invitada.

—No pasa nada, Anna. He tenido el tiempo suficiente para perdonarte y comprender que a veces la vida te pone en una situación desfavorable para librarte otras peores. Yo perdí mi mano y la gira, pero gané a una persona bellísima. En cambio, tú ganaste la gira y la fama, pero la persona que está a tu lado, en cualquier momento, te hará lo mismo que a mí.

Ese efímero encuentro culminó con la segunda llamada.

CAPÍTULO XII: ÚLTIMA LLAMADA

Cuando los parlantes llamaron por última vez, ya todos se encontraban en sus puestos. Las luces se apagaron y Amelia entró al escenario utilizando un micrófono de diadema para poder sostener el programa de actividades con su única mano. La luz del reflector se encendió y apuntó a la joven rubia para dar comienzo al evento más esperado del año en todo Castillo.

Uno a uno fueron pasando niños, jóvenes y profesores, haciendo gala de sus dotes musicales. El público no escatimaba en aplausos para cada participante que desfilaba en el escenario, mientras esperaba con ansias la aparición de Anna Rivera, cuya presentación por parte de Amelia, reunía la atención de todos.

Llegado el momento, Amelia presentó a la invitada con mucha admiración y respeto, dejando entrever que había logrado superar completamente el conflicto entre ambas. Por otro lado, Anna Rivera demostró por qué estaba obteniendo tanto éxito en Europa, derrochando una habilidad pasmosa en el piano. No hubo una sola alma que no aplaudiera de pie, incluso Amelia, golpeando su palma izquierda en el antebrazo, lo hizo de forma apasionada.

El público no quería retornar a sus asientos completamente agradecido con el espectáculo que acababa de presenciar, pero vio obligado a hacerlo cuando Claudia Tellerman decidió aparecer en el escenario sorpresivamente para dar unas palabras de cierre. Tras agradecer a todos los presentes por una velada inolvidable, la directora rompió el protocolo para rendir un pequeño homenaje a su alumna favorita e hizo un repaso, sin entrar en incómodos detalles, de la situación que ella había tenido que enfrentar a causa del accidente. Días atrás, Ernesto le había comentado que Amelia ya era capaz de tocar una pieza musical completa con su mano izquierda, y por ese motivo la invitó a sentarse en el piano para cerrar la velada con broche de oro.

La joven dividía su mirada entre la directora y el público totalmente abrumada, sin saber qué hacer o decir. Fue entonces cuando intentó retirarse del escenario, pero, antes de llegar al fondo, el público comenzó a corear su nombre. De espaldas a ellos se detuvo y de sus ojos brotaron lágrimas tras la enorme cantidad de sentimientos encontrados, su corazón latía tan a prisa que parecía explotar y sus mejillas enrojecieron hasta ponerse del color de su vestido. De pronto, alguien la tomó de la mano y la hizo girar. Era Anna Rivera, su amiga y rival, que la dirigía hasta el piano.

Amelia sentía que flotaba camino al teclado. Tocar ante una multitud no era nada nuevo para ella, pero hacerlo con una sola mano sólo lo había hecho para Ernesto y no sabía cómo iba a responder el público si se equivocaba. Notando el temblor en su mano, Anna se acercó a su oído y le vertió unas hermosas palabras que poco a poco la fueron tranquilizando y todos sus temores se esfumaron cuando se sentó en la banqueta donde tantas veces lo había hecho.

La pianista se acomodó en el asiento ante el silencio expectante de los castillenses. No hubo nadie que no pudiese escuchar el sonido que hizo Amelia al tronar los huesos de sus dedos cuando preparó su única mano. Pasados algunos segundos, llovieron las primeras notas. Durante las últimas semanas, Amelia había venido preparando en silencio una pieza musical con acordes sólo para su mano izquierda y la había compuesto especialmente para Ernesto, su ángel salvador.

El público permanecía pasmado, como víctimas hipnotizadas en medio de la oscuridad por la magia con que los largos y delgados dedos de la rubia pianista se deslizaban por las teclas.

Como la pieza era para su novio, Amelia levantó la cabeza un instante para buscar a Ernesto entre el público, aunque algo al final de las butacas llamó su atención. A contra luz, divisó la silueta de un hombre alto y aguzado con un sombrero de ala en la cabeza. El ritmo de la música se entorpeció cuando sus dedos se desubicaron de los rectángulos blancos y negros. Su pesadilla se estaba haciendo realidad.

Creyendo que era una jugada cruel de su imaginación, retomó de nuevo las notas, pero el hombre del sombrero comenzó a caminar lentamente por el pasillo en busca del escenario. Cuando se dio cuenta que no era su imaginación, se levantó de la banqueta y comenzó a gritar sumergida en el miedo.

—¡Es él! ¡Es él! ¡Ernesto, es él!

Ernesto se levantó de su asiento en la tercera fila y pasando por los demás invitados subió al escenario para tranquilizar a Amelia, entre tanto, la señora Tellerman, Anna y Horacio, quien acompañaba a su novia detrás del telón, se acercaron a ella para tranquilizarla, pensando que estaba padeciendo algún tipo de crisis.

El hombre del sombrero apuró el paso para acercarse al escenario, al tiempo que dos policías aparecían detrás de él.

—¡Es él! —continuaba gritando— ¡Deténganlo!

Los policías siguieron con prisa al hombre que, tras llegar al pie del escenario, abrió su gabardina y desenfundó una pistola, apuntando hacia Amelia.

—¡Alto! —gritó el hombre del sombrero— ¡Aléjese de ella!

El desconcierto reinaba en el auditorio. Amelia se encontraba rodeada por Ernesto, Claudia, Anna y Horacio, y todos se miraban entre sí. Los policías se ubicaron al lado del hombre y apuntaron con sus armas al grupo que estaba en el escenario.

—¡Ernesto Valdivia! —ordenó uno de los oficiales— ¡Baje con las manos en alto!

El enfermero miró con tristeza a su novia, mientras que ella estaba perpleja al no entender lo que estaba sucediendo. Pausadamente la soltó y levantó sus manos, echando a andar en busca de los escalones que le llevarían hasta donde le esperaban los policías.

—¡Ernesto, ¿qué pasa?! —gritó Amelia desaforada.

Su novio no miró más hacia atrás y esperó a que los oficiales le pusieran las esposas para luego sacarlo del auditorio, que permanecía mudo ante este espectáculo inesperado.

CAPÍTULO XIII: LA DURA VERDAD

Había pasado una hora del bochornoso momento en el auditorio central, cuando Amelia y sus padres se presentaron a la estación de policía para averiguar el porqué de la detención de Ernesto. Un oficial los llevó hasta una pequeña sala, equipada tan solo con una mesa y un par de sillas. Lucrecia y su hija tomaron asiento, mientras que Victorino se dispuso a caminar de un lado para otro en el recinto.

El sonido del reloj en la pared hacía más dramática la espera. Afuera se escuchaba el ir y venir de los oficiales que dejaban escapar murmullos ininteligibles, hasta que por fin se abrió la puerta de la sala, ingresando el jefe policial y el misterioso hombre de sombrero.

—Buenas noches señores Doral, Amelia —saludó el jefe policial—. Lamento mucho lo sucedido hoy y espero que ustedes puedan entend...

—¿Por qué detuvieron a Ernesto? —cuestionó Amelia.

—Amelia, por favor —dijo Victorino —deja que el jefe policial nos explique qué está pasando.

—Gracias señor Doral. Vean, cuando sucedió el accidente de Amelia, nuestra oficina tenía encima la investigación de tres muertes por atropello en condiciones misteriosas. Aun así, le asigné al agente Romero que tomara el caso de su hija, pero, al quedar viva, tuvo que postergar la investigación. Digo esto por la última víctima de los tres atropellos, murió cinco días después en el hospital y el caso pasó de ser un intento de homicidio a un homicidio calificado. En ese caso, estos últimos tienen la prioridad. Lastimosamente los pocos indicios que tenemos y la falta de personal han hecho que la investigación marche a paso lento, hasta ahora.

—Pero ¿qué tiene que ver mi novio en todo esto?

—Dejaré que el detective Gautier continúe —respondió el jefe policial.

—¿Detective? —exclamaron al unísono los Doral.

En la esquina de la sala estaba aquel hombre con su gabardina oscura, su bufanda y su sombrero. En las manos portaba una carpeta café con algunos documentos.

—Mi nombre es Jerónimo Gautier. Soy detective privado en Solana y el año anterior un cliente me pidió investigar la muerte de su hija, que curiosamente falleció tras ser atropellada una noche. Las pistas eran muy pocas, prácticamente un callejón sin salida. Pero recordé que algo similar había pasado en Pennywalt y Millerfield, con incidentes similares, algunos de ellos con consecuencias no tan trágicas como el de la hija de mi cliente, entonces comencé a atar cabos y descubrí lo que parecía ser un patrón: atropellos a mujeres jóvenes, hermosas y sobresalientes en campos como el arte, los deportes, la medicina y, ahora en el caso de Amelia, la música.

—Detective, ¿podría ir al grano? —solicitó desesperada Lucrecia.

—Cuando me di cuenta de las tres muertes acá en Castillo, puse mi especial atención en lo que fuera a ocurrir en adelante. Un día, leyendo el reportaje que le hicieron a su hija sobre cómo se había sobrepuesto al accidente y el asunto del libro, me llamó la atención ver el nombre de Ernesto Valdivia, su novio. Sabía que lo había leído en algún lado. Entonces busqué dentro de mis notas y encontré que él se había desempeñado como enfermero en todas las clínicas donde habían ocurrido estos incidentes coincidiendo con esas fechas.

—Todos acá sabemos que Ernesto trabajó en esos hospitales esperando una oportunidad para quedarse de forma permanente —defendió Amelia—, no es ninguna coincidencia que haya estado cuando esos casos ocurrieron. Él es inocente.

—Amelia —llamó a la calma Victorino—, deja que el detective Gautier continúe, ni siquiera sabemos de qué están acusando a Ernesto.

—Lamentablemente, señor Doral, en cada uno de estos lugares la investigación policial fue lenta y deficiente —Gautier miró de reojo al jefe policial—, prácticamente avocándose nada más a los casos en los que hubo víctimas mortales, descuidando a las víctimas sobrevivientes. En los últimos 3 años ocurrieron un total de 11 incidentes donde mujeres jóvenes se vieron involucradas en accidentes durante la noche, mientras llovía y en lugares solitarios. De las cuales fallecieron 6 de las víctimas y sólo 4 sobrevivieron, incluyéndola a usted señorita Doral.

—¿Usted está insinuando que Ernesto tiene que ver con los atropellos? —reclamó Amelia.

—Casualmente, las otras tres mujeres sobrevivientes, una en cada ciudad, sufrieron daños irreversibles en sus cuerpos, desde amputaciones hasta parálisis permanentes y desfiguraciones.

—¡Oh por Dios! —lamentó Lucrecia, mientras su hija lucía inmóvil en su silla con los ojos casi desorbitados, esperando que el detective continuara.

—Por increíble que esto les parezca —acotó Gautier, metiéndose las manos en los bolsillos—, el señor Ernesto Valdivia fue parte de la recuperación de estas mujeres y, sin explicación alguna, todas terminaron involucradas sentimentalmente con él.

Esa noche en la estación, como nunca en la historia del departamento policial, se escucharon unos gritos tan dolorosos y desgarradores.

Las autoridades determinaron que, Ernesto Valdivia Oquendo de 34 años, había atropellado a todas esas mujeres de forma premeditada, aprovechando que viajaban solas en sus vehículos en la oscuridad de la noche y con la complicidad de las condiciones del clima para quedar impune. En apariencia, el enfermero seleccionaba a sus víctimas cuidadosamente tras acecharlas algún tiempo y luego esperaba el momento idóneo para cometer los atropellos, sin tener la certeza del porqué lo hacía. Una de las hipótesis, quizá la más fuerte, era que no intentaba provocarles la muerte, sino herirlas para luego conocerlas en el hospital aprovechándose de su puesto. Posterior a ello, intentaba establecer una relación sentimental con sus víctimas. Sin embargo, por errores en su cálculo, sus planes no siempre resultaron como esperaba.

Tras la captura de Valdivia, las otras tres víctimas sobrevivientes corroboraron la hipótesis de los investigadores durante el juicio y declararon que siempre se portó como un caballero, que nunca se aprovechó de ellas ni les quitó dinero. Únicamente les ayudó a salir adelante después del accidente y que su amabilidad y buen trato, aunado a la baja autoestima tras los daños permanentes, habían hecho que se ganaran su confianza y su corazón. Antes de salir a la luz la verdad, Ernesto había sido un ángel salvador para todas ellas.

CAPÍTULO XIV: SEGUNDA MANO

Ernesto yacía acostado en su cama en la prisión de Pennywalt. Un año exacto había transcurrido desde que fue detenido por Gautier y la policía de Castillo. Su ejecución había sido programada para la próxima semana y lo único que hacía era existir en su celda de dos por dos metros con una cama de concreto y una colchoneta desgastada, rodeado de anchos barrotes y un pequeño sanitario desvencijado.

—¡Valdivia! —llamó un oficial penitenciario—. Tiene visita.

El oficial abrió el portón de la celda y escoltó a Ernesto hasta la sala de visitas. Lo sentó en un cubículo y le quitó las esposas. Al otro lado del vidrio de seguridad estaba Amelia. No era la misma joven de un año atrás. Su semblante era diferente, como si le hubiesen robado algo de su personalidad.

—¿Qué haces acá, Amelia?

—Quiero una explicación.

—¿Para qué?

—¡Quiero una explicación, maldita sea! —gritó la joven, golpeando el vidrio con la mano izquierda— ¡Quiero saber por qué me hiciste esto!

—¿En serio quieres saber?

—¡Quiero! —exigió tan fuerte, que el oficial del salón tuvo que acercarse.

—Está bien —respondió, dando un largo suspiro—. Sabes, cuando era niño, mi madre y yo vivíamos con mi padrastro. Ella fue madre soltera hasta que apareció este tipo en su vida. No era una buena influencia para ella y con el tiempo comenzó a beber hasta convertirse en alcohólica. Mi padrastro abusaba de ella, pero por algún motivo seguía ahí, con él. Nosotros éramos pobres y vivíamos día a día, con lo mínimo gracias al salario que mi padrastro devengaba en un almacén de electrodomésticos donde trabajaba. Una tarde, él llegó con un televisor nuevo en su caja, de pantalla plana y con control remoto. Le pregunté cómo era posible que tuviéramos un televisor tan nuevo y me respondió que se lo habían dejado más barato en su trabajo porque tenía un daño en uno de los costados y otros raspones al frente. Al tiempo llegó con una radiograbadora, luego con una plancha, al año siguiente una refrigeradora y así comenzó a llenar la casa de cosas nuevas, pero con algunos daños que le quitaban valor a su precio. Un día, estando ebrio, me confesó que él se encargaba, en secreto, de dañar estéticamente los artículos para después solicitar al dueño de la tienda que se los vendieran más baratos. Le pregunté por qué lo hacía y me respondió que con su salario jamás podría obtenerlos. "*Así me casé con tu madre, era una mujer hermosa, pero le faltaba una pierna. ¿Quién querría una mujer en ese estado a pesar de su belleza? Era mi única oportunidad de tener una preciosura como mujer.*"

—¡Por Dios Ernesto! ¡Qué me estás diciendo?

—Yo siempre fui falto de amor, Amelia. Mi madre pasaba más pendiente de las botellas de licor que de mí. Mi padrastro llegaba del trabajo y se sentaba en su sillón a ver televisión hasta que descubrieron lo que hacía y lo despidieron, luego nos dejó. Yo nunca tuve amigos en el barrio ni fui popular en la escuela. A duras penas terminé la secundaria y gracias a un trabajo como dependiente en una farmacia pude estudiar enfermería. Nunca fui atractivo para las mujeres, nunca les gusté. Perdí mi virginidad a los 24 años, con una mujer ebria en una fiesta. En la universidad me apodaron "arroz" porque sólo para acompañar servía. ¿Te imaginas eso? ¿Te imaginas mi dolor? Hasta que un día, una paciente ciega me dijo que sentía algo por mí. Era la primera vez que alguien me decía eso, una mujer ciega, que no veía mi aspecto físico, sino como era yo en realidad, lo que ninguna mujer aprovechaba por culpa de mi aspecto. Entonces recordé lo que mi padrastro hacía para tener cosas lindas: las dañaba para luego poder obtenerlas con sus pocos recursos.

—¿Dañaste mi vida y las de las otras mujeres sólo para poder acercarte a nosotras y hacer que nos enamoráramos de ti? ¿Eso hiciste? ¡Eres asqueroso! ¡Eres repugnante! ¡Eres…

—¿Me recuerdas en algún momento antes del accidente? —preguntó Ernesto.

—¿Qué? ¿A qué te refieres? —dijo su exnovia, totalmente desconcertada por la pregunta.

—Yo pasaba todas las tardes, sin falta, por la escuela de música. ¿No me recuerdas ni una de las tantas veces que me detuve a verte tocar el piano, a pesar del cansancio, la lluvia o el frío, y te aplaudía desde la ventana, levantando con emoción mi mano para saludarte?

Amelia balbuceaba perpleja, ya que nunca determinó a Ernesto cuando ella tocaba hasta tarde. Que él le preguntara eso le pareció descabellado y fue así que logró contestarle.

—¡Estás jodidamente enfermo, Ernesto!

—Perdón, Amelia. Solo así podría haber logrado enamorarte.

—¡Ojalá te pudras en el infierno! —maldijo la joven, y extendió su brazo derecho hacia el vidrio, realizando el ademán que una vez le dijo que no merecía. Sólo que esta vez no le produjo tanta satisfacción.

Tras enjugarse los ojos, la joven se levantó de la silla para retirarse.

—Amelia —preguntó Ernesto antes de que se marchara—, de otra forma ¿te habrías enamorado de mí?

Amelia no se atrevió a mirarlo directo a los ojos tras la comprometedora pregunta que le había hecho. Luego, dio media vuelta y, con la cabeza baja, se retiró del lugar sabiendo perfectamente la respuesta.

STARBOOKS
(2021)

El autobús se encontraba a menos de 5 minutos para llegar a la terminal. Los pocos pasajeros que habían tomado el servicio de las 9 de la mañana comenzaban a preparar sus cosas para bajar apenas llegasen. El sol de mediodía era insoportable, calcinador, y las ventanas del transporte no funcionaban bien, por lo que esas tres horas de viaje fueron todo un infierno. Cuando la puerta por fin se abrió, uno a uno fueron bajando en busca de aire fresco sin detenerse siquiera a darle las gracias al chofer, salvo una persona.

—Gracias, señor —se despidió la única mujer en el autobús.

El chofer tomó la visera de su gorra con los dedos y bajó la cabeza devolviéndole el gesto a la chica, para luego continuar hasta el fondo del lugar y guardar el automotor. Para ese entonces, la terminal ya parecía una instalación abandonada: locales cerrados, viejos letreros, ni un alma rondando el espacio y una que otra luz parpadeando. El bus de las 12 ya se había marchado, por eso, hasta la boletería estaba cerrada y solo el ruido del viento manifestaba su presencia. La mujer tomó el salveque y la maleta que llevaba consigo y salió de la terminal con el teléfono aferrado a la mano, revisándolo cada diez pasos.

Estrella Noral había nacido en Castillo en 1987; hija de una drogadicta que no dudó en darla en adopción. Desde los 8 años vivía en la capital, después de ser adoptada por una familia con buenos recursos económicos que superaron a los esfuerzos de su abuela por dejársela. Se había formado una gran fama como crítica de libros por su facilidad analítica y vastos conocimientos literarios, gracias a los años que pasó sumergida en la biblioteca del orfanato. Los más renombrados escritores y las más grandes editoriales la buscaban para que reseñara sus obras, pues, la influencia que ejercía sobre el mercado meta, desde su blog, incidía de manera positiva en las ventas. No obstante, con el auge de los *bookstagramer*, el fenómeno literario más reciente en redes sociales, y otros asuntos relacionados a ese mundo, Estrella fue perdiendo terreno; ya que la comunidad lectora comenzó a dejar de lado los blogs literarios y se vieron atraídos por el contenido que estos amantes de la lectura creaban, exponían y difundían a través de la fotografía. A sus 31 años, cayó en cuenta que las reseñas superficiales y sin fundamento eran más atractivas que aquellas que ella escribía en su página con profundo análisis. Fue por eso que, cuando recibió la noticia de la muerte de su abuela materna y que esta había dejado una importante suma de dinero que le tocaba a ella por ser el único pariente con vida que le quedaba, no dudó en mudarse a Castillo para emprender un negocio que le rondaba la cabeza desde hacía tiempo: una librería-café. La muerte de la anciana ocurrió unos meses atrás, sin embargo, estrella se dio cuenta de la noticia tiempo después.

Una vez arreglados los trámites legales con el abogado de su abuela, Estrella salió a buscar el lugar ideal para echar a andar su sueño, y fue así que dio con un edificio de apartamentos en el centro del pueblo, en cuya planta baja se encontraba un local desocupado, al parecer desde hacía bastante tiempo, y un letrero que decía *Se Alquila*. Sus ojos saltaron de alegría y una dulce sensación le estremeció el cuerpo; fue amor a primera vista. Si bien, el edificio ostentaba más años que ella, no recordaba haberlo visto en las pocas ocasiones que pudo salir del orfanato para acompañar a alguna de las encargadas en sus menesteres, pero igual, estaba fascinada.

Cruzó rápido la calle y se acercó al sucio ventanal, sacudió el polvo con sus manos para ver con dificultad al interior y tras un extenso vistazo se dio cuenta que era el lugar perfecto. Sin pensarlo más, tomó el letrero y se sentó en la acera para llamar al contacto que venía en él. Un mes después, Estrella inauguraba *Starbooks*: una librería-café donde las personas podían alquilar, comprar o quedarse a leer todo tipo de libros acompañados de la mágica bebida.

Tener el local a punto fue una tarea ardua por el estado en que lo habían dejado los anteriores inquilinos y pasó de ser un lugar digno del set de una película de terror, a un espacio donde en cada rincón se respiraba el dulce aroma del papel mezclado con el del delicioso grano que importaban desde Costa Linda. Este nuevo concepto de librería pretendía incentivar el hábito de la lectura desde los más chicos hasta el más anciano de los castillenses y se llamaba así en honor al blog en que solía escribir sus reseñas cuando estaba en la capital, fusión en inglés entre su nombre y su mayor pasión.

Cierta mañana, Emperatriz, la chica que le ayudaba en el negocio, se presentó al mostrador y, con un gesto de confusión, le entregó un libro de color azul, tapa dura, de al menos 150 páginas, con el plástico protector intacto. Estrella lo analizó sorprendida, pues no recordaba que perteneciera al lote de libros que había adquirido.

—*Las tres brujas* de Lorna Talleres —leyó pausada.

—¿La conoce?

—No. En todos mis años de estar sumergida en los libros nunca había escuchado de ella. Probablemente se trata de alguna escritora independiente, porque mira —le mostró ambas caras del libro—, no tiene sello editorial. Y cuando se lanzan a escribir sin una editorial que los respalde, tratan de anularlos las muy desgraciadas. Por eso no me extraña que esta chica, Lorna, haya venido a dejar el libro por acá, así, de forma misteriosa.

—¿Y qué hará con él?

—No puedo registrarlo, al menos no todavía. No sé cuánto vale ni a quién le debería dar parte de la venta. Ni siquiera sé de qué trata.

—Pues de tres brujas.

—Sí, Emperatriz. Me refiero al género.

—Miedo, ¿no?

—No precisamente. Y sería terror, no miedo. Hay libros con títulos que parecen de un género, pero pertenecen a otro. Fíjese que una vez había un libro en una feria: *Tres cajas en el patio*. Se encontraba en la sección de terror y como el nombre y la portada me parecieron acordes, lo compré. Resultó ser una historia de violencia intrafamiliar, discriminación y superación.

—La estafaron.

—Podría decirse que sí, pero... —dio un largo suspiro—, lo que te quiero decir es que, hasta no hablar con la persona que escribió esto, no puedo hacer nada.

Estrella guardó el libro en una de las gavetas del mostrador y se puso a buscar información sobre la escritora misteriosa. Navegó por largo rato en internet buscando información del libro y de la autora, incluso llamó a otros contactos sin lograr algún dato relevante.

Al día siguiente, antes de abrir el local, visitó el supermercado del señor Garos, que se jactaba de conocer a todos los castillenses, pero tampoco supo darle información sobre ella. La escritora era un completo misterio. Horas más tarde, sacó el libro de la gaveta con la tentación de arrancar el plástico que le envolvía para saber de qué se trataba, o si dentro traía información que le ayudara a encontrar a su creadora.

—Ábralo —sugirió emperatriz.

—No lo sé. Si lo hago ya no puedo venderlo como nuevo.

—No importa. Creo que esta mujer se lo dejó acá por algo. Hasta podría ser que esté acá —dijo, mirando con intriga a su alrededor—, esperando que usted lo abra.

—No lo creo. Ni siquiera creo que sea de Castillo.

—¡Ay jefa! Tiene que ser de Castillo.

—¿Quién lo asegura?

—Castillo no es un lugar al que la gente quiera venir solo porque sí, y menos dejar un libro para que sea descubierto.

—¿Por qué dice eso?

—Es que usted vivió muy poco acá. Castillo, dentro de todo lo pintoresco que pueda parecer, dentro de toda su normalidad y rutina, es un lugar en el que pasan cosas terribles, pero nadie se da cuenta. Incluso se dice que Castillo es un lugar olvidado por Dios.

—Ahora que lo menciona, recuerdo que en el orfanato solían decir eso, pero estaba muy pequeña para entenderlo. Por cierto, ¿existe aún?

—Claro. Se mantiene activo sólo por dos niños. Sus padres desaparecieron hace algunos años en forma misteriosa y pues, no hubo quién se hiciera cargo de ellos. Lástima porque son niños muy inteligentes.

—Quizá mañana vaya a visitarlos.

Estrella pasó toda la tarde observando el libro, tratando de convencerse de no abrirlo hasta que apareciera su autora. La tentación le carcomía por dentro, era como si el mismo libro la impulsase a hacerlo, entonces, poco a poco, con ayuda de la uña, fue rompiendo la cobertura plástica hasta lograr un boquete del tamaño de una moneda y, en su sublime arrebato, metió el dedo y desgarró la capa protectora. Un delicioso aroma emergió del libro, provocando en Estrella un frenesí indescriptible, que la obligó a encerrarse en el baño para que Emperatriz no se diera cuenta de lo que había hecho. No recordaba haber visto un libro así antes. Desde el momento que lo dejó sin el plástico, notó una extraña sensación al tacto ya que las páginas eran suaves y aterciopeladas, como si estuviera tocando una fina y delicada piel. La portada también era hermosamente inusual, de color azul, pero en un tono cautivador; con relieves meticulosamente detallados y casi imperceptibles, que sólo un ojo educado podría detectar. Desde el título hasta el contenido, el libro estaba escrito a mano, con una letra de trazos perfectos, que la hacían sentir una extraña conexión, como si las páginas resonaran de alguna manera con su ser. El libro no incluía información de su autora más que el nombre, ni siquiera una fecha de producción, ni un lugar de origen, nada.

 Estrella comenzó a la leer los primeros renglones que de inmediato captaron su atención, ya que la historia que se comenzaba a narrar, le parecía extrañamente conocida.

 —¿Estrella, está ocupada? —interrumpió Emperatriz, al otro lado de la puerta— Me están haciendo una pregunta sobre un libro, pero no sé nada de eso, ¿me ayuda?

 Toda aquella experiencia que estaba viviendo dentro del baño se esfumó en unos segundos. Quería quedarse ahí y devorarse el libro de una sola vez, pero había un negocio que atender, así que lo ocultó y salió del baño como si nada hubiese pasado.

 Esa fue una tarde muy concurrida en la librería, y no fue sino hasta la hora de cierre, y que Emperatriz se había marchado, que tuvo el tiempo de buscar el misterioso ejemplar. Inmediatamente puso sus ojos en él, volvió sentirse abrazada por la historia que se narraba en cada página, no había palabra que no le generara una especie de impulso eléctrico en su ser; ningún punto, ninguna coma, ni ninguna tilde pasaba desapercibida. Y tal como en el baño, conforme avanzaba la lectura, se iba dando cuenta que lo que estaba leyendo le era cada vez más familiar, como si lo hubiese leído con anterioridad, hasta que se encontró con un párrafo que le quebró el gusto y lanzó el libro con todas sus fuerzas al otro lado del cuarto.

 Estrella se tiró en la cama y se cubrió el rostro con la almohada para gritar y no ser escuchada por los residentes de los apartamentos vecinos, en el mismo edificio donde se encontraba la librería. Apenas salió de su estado, corrió a buscar el libro y lo metió en su empaque, bajó rauda por las escaleras y salió a la calle en busca del basurero que estaba afuera de la librería; dudó unos segundos su siguiente paso, pero, tras recordar lo que había leído minutos atrás, lo introdujo con furia y se devolvió a su recinto llena de una sensación de miedo mezclado con ira. Le parecía una broma de muy mal gusto, una coincidencia malvada lo que la autora de ese texto había escrito; la exactitud de lo que ahí se contaba era sorprendente, casi como si la mismísima Lorna Talleres hubiese sido testigo presencial de sus últimos años allá en la capital.

Aun sin salir del estupor, fue a la cocina y se preparó un café, porque tenía previsto pasar la noche en la computadora hasta encontrar alguna pista sobre el libro o su creadora. Buscó en páginas de escritores, bibliotecas, concursos, subió la foto del libro a foros, investigó el nombre en páginas del gobierno sin generarle un ápice de información sobre la autora o su libro. Tras agotar todos sus recursos, a las cuatro de la mañana, sucumbió ante el sueño y, justo ahí, frente al monitor, quedó dormida.

Cuando despertó, con el amargo sabor de una búsqueda infructuosa, decidió alistarse para ir a visitar el orfanato y olvidarse así de lo acontecido la noche anterior. De camino iba pensando que quizá Lorna Talleres era un pseudónimo, algo común en muchos escritores, que se esconden tras un nombre ficticio o quizá era un grupo de escritores, alguien de su pasado, alguna editorial molesta por una mala reseña, quien fuera, había logrado desequilibrar su nueva vida en Castillo.

Al llegar al orfanato se encontró con un edificio que distaba del que la había acogido en su niñez, masacrado por el tiempo, olvidado por los gobiernos de turno, con grafitis en las orinadas paredes, algunas ventanas rotas y portones desvencijados.

En la entrada, una pareja de niños jugaba Piedra-Papel-Tijera, tan concentrados que no advirtieron la presencia de Estrella.

—Hola niños —saludó con una gran sonrisa.

El niño y la niña respondieron el saludo sin dejar de jugar, parecía de suma importancia definir un ganador. Al final la niña ganó.

—Disculpe nuestros modales, señora —expresó el niño—. Estábamos en una definición de vida o muerte.

—Descuida —respondió Estrella, sin saber si la disculpa era por el juego o por llamarla "señora" —. Yo viví aquí mucho tiempo, ¿saben?

—¿De verdad, señora?

—Estrella —dijo, con la intención de que no volvieran a llamarla "señora"—. Mi nombre es Estrella Noral. Y, ¿ustedes?

—Yo soy Siris.

—Yo soy Otto. Somos palíndromos.

—¿Perdón? —exclamó Estrella— ¡Ah! Sí, sus nombres se dicen igual al derecho y al revés.

—Nos encantan los juegos de palabras —dijo Siris.

—Es lo único que nos entretiene acá —acotó Otto—. Hemos leído todos los libros de la biblioteca, entonces nos ponemos retos y...

—Veo que ya conoció a Siris y a Otto —exclamó Bertha, directora y única empleada del orfanato—. ¡Que gusto verla por acá señorita Noral!

Estrella se alegró por partida doble: había encontrado un rostro familiar en el orfanato y además le habían llamado "señorita". Bertha Daems, una mujer de origen belga, era la última empleada que quedaba en el albergue para niños, que asumió la dirección del mismo cuando, por salud o decisión propia, sus compañeras se marcharon.

—¡Bertha! ¡El gusto es mío también! —replicó, para luego ir a fundirse en un abrazo con ella—. Veo que aún me recuerda.

—¿Cuánto? ¿20 años?

—Y un poco más. Usted está igual como cuando me fui, no envejece, Bertha.

—Los niños me mantienen joven, en especial este par de mentes brillantes —comentó, mientras les rascaba la cabeza a las criaturas.

Pasado el reencuentro, los cuatro ingresaron al edificio para dar un recorrido y desempolvar recuerdos. Entre memoria y memoria, Bertha también aprovechó para contarle el caso de Siris y Otto, que si bien, había servido para mantener abierto el orfanato, la historia que rodeaba su llegada ahí no era para menos misteriosa.

Lo que restó de la mañana, los niños aprovecharon para llevar a Estrella a su cuarto y jugar con ella los más curiosos juegos de palabras, haciendo que perdiera la noción del tiempo y no fuese sino hasta que Emperatriz la llamó a su teléfono, que se dio cuenta que se le había hecho tarde para abrir la librería, entonces le pidió a ella que se encargara de hacerlo mientras se trasladaba hasta allá. En las pocas horas que compartió con los niños, y dada su especial situación, logró ganarse el cariño de ambos infantes, que vieron tristes como su nueva amiga partía con premura para ir a atender su negocio.

Cuando llegó a la librería, el camión de la basura recién se había marchado y aprovechó para asomarse al basurero y constatar que, en efecto, el libro ya no estaba. Habiéndose quitado un peso de encima, se incorporó a sus labores mientras Emperatriz se encargaba de la limpieza a la espera de que llegaran los primeros clientes.

A media tarde, Estrella estaba ensimismada sobre el mostrador, dándole vueltas a todo este asunto de la escritora misteriosa, intentando comprender cómo lo que había escrito era tan similar a los verdaderos motivos por los cuales había regresado a Castillo.

—Lo abrió —dijo Emperatriz, sacando del trance a su jefa.

—No, no lo he abierto.

—No es pregunta, jefa —replicó la chica con una sonrisa maliciosa, poniendo el libro azul sobre el mostrador.

—¡Por Dios Santo! ¡Lo recogiste del basurero! —vociferó.

—¿Cuál basurero? —respondió asustada por la reacción de Estrella.

—Anoche tiré ese… —midió sus palabras— libro a la basura porque ya no lo quiero y creí que se había ido en el camión.

—El libro estaba en el baño; cuando fui a limpiar lo encontré sobre el lavabo y por eso te lo traje. Creí que alguien más lo había puesto ahí por error.

—¿Los de la basura entraron? ¿Pidieron el baño?

—Para nada.

—¿Viste a alguien hurgando en la basura?

—Tampoco. ¿Cree que alguien lo encontró y lo devolvió? Digo, quizá alguien lo vio ahí y supuso que era de acá.

—Te lo hubiera entregado en lugar de dejarlo en el baño.

—¿Y si son más libros?

—No lo creo. Está escrito a mano y sería demasiado trabajo. Vaciamos los basureros antes de cerrar, lo habríamos visto entonces. Además, yo le hice un hueco al plástico para abrirlo. Mira, es el mismo.

—Un momento, ¿por qué tiró el libro a la basura?

—Creo que este libro es, digamos, problemático.

—¿Hay algo que aún no sé?

—Ayer en la noche lo leí.

—¡Santo! Déjeme preparar dos tazas de café y me cuenta.

Emperatriz gesticulaba con asombro cada frase que le relataba su jefa. Le parecía una historia salida de la televisión. Sin embargo, Estrella se había reservado contarle que el contenido del libro compartía similitud con su pasado en la capital; apenas estaba echando a andar un nuevo comienzo y no quería dar al traste con ese desafío.

—¿Qué le parece si me lo llevo y lo dejo perdido por ahí? —sugirió Emperatriz.

—Cerremos antes y vamos las dos —dijo, para evitar que la curiosidad de su empleada la llevara a descubrir lo que no debía—. Se me ocurre una mejor idea.

Fue así que ambas caminaron hasta la salida de Castillo y avanzaron un trecho más por la solitaria carretera, luego se salieron del camino unos cientos de metros y buscaron un claro. Con sus propias manos, Estrella cavó un profundo hueco y colocó el libro hasta el fondo, al tiempo que Emperatriz iba lanzando la tierra excavada y aplanándola con sus pies. En medio de la inmensa lejanía, quedaba enterrado aquel manojo de páginas reveladoras.

Por la mañana, Estrella revisaba sus redes sociales y de vez en cuando intentaba hacer algunas llamadas, pero se convencía de que no era lo correcto. Repitió ese ciclo varias veces hasta que Emperatriz tocó a su puerta. Había llegado una hora antes de abrir la librería con la firme intención de revisar, junto a su jefa, si el libro se había quedado en su lugar. Las dos mujeres bajaron a prisa y abrieron el negocio. A primera vista todo parecía normal, tal y como lo habían dejado el día anterior. Luego revisaron el baño y la bodega, para terminar con los libreros. Quizá llevarse tan lejos el libro había dado resultado. Hasta que abrieron al público y tocó preparar el café.

—Disculpe, este café sabe a tierra —dijo con timidez una joven, seguida de otros clientes que compartían la misma queja.

Estrella se dirigió a la máquina de hacer café y quitó el portafiltro.

—¡Demonios! —gritó sobresaltada al ver que dentro del filtro lo que había era un puño de tierra negra.

Para entonces, ya Emperatriz se encontraba a su lado tratando de explicar a los clientes que habían tenido un pequeño problema y que pronto lo solucionarían, así que los devolvió a sus mesas.

Ambas sabían de dónde provenía esa tierra, pero guardaron la compostura y se pusieron a preparar más café, sin embargo, el envase donde almacenaban el grano también estaba repleto de tierra. Era completamente irreal lo que estaba pasando, más aún, cuando fueron a la bodega por un paquete sellado de café y, al abrirlo, emergió tierra negra. Desesperada, Estrella comenzó a abrir todos los paquetes de café, dando gritos de loca cuando de cada uno salía lo mismo. Poco a poco los clientes fueron abandonando el local bajo la promesa de Emperatriz de compensarlos en la próxima visita y cuando ya no quedaba más nadie, cerró la puerta.

La jefa estaba sentada en el piso, con la cara sucia entre tierra y lágrimas, desconsolada; entonces tomó el último paquete de café que quedaba en la bodega y con el último esbozo de cordura que le quedaba lo abrió. Ni siquiera en la peor de sus pesadillas, ni siquiera en el día más ominoso, se hubiese imaginado que, de ese último paquete, saldría el libro azul.

—Santo Dios, jefa. Ese libro es del demonio. ¿Por qué se empeña en regresar a usted?

Estrella estaba inerte, con la mirada perdida y el libro entre sus manos. Emperatriz la miraba con preocupación tratando de ver qué podía hacer por ella.

—¿Qué hice mal, Emperatriz?

—¿Qué está diciendo? Usted no ha hecho nada malo.

—Me mata no saberlo.

—¿Saber qué?

—Ellas me traicionaron y sigo sin saber por qué.

Emperatriz no entendía nada de lo que ella le decía, imaginaba que era parte del shock en que se encontraba y por eso le siguió la corriente. Hasta que a su mente llegó una posible solución.

—¡Vamos jefa, levántese! ¡Se me acaba de ocurrir algo! —dijo con emoción y tomó a Estrella de la mano para levantarla.

La chica buscó unas cosas en el mostrador y salió corriendo junto Estrella con el libro en sus manos. Poco a poco, con la carrera, la dueña de la librería fue recuperando la razón y al ver lo que hacía su ayudante, se detuvo.

—¿A dónde vamos?

—¡Acá mismo! —respondió, señalando con su dedo hacia la iglesia.

—Pero, ¿no está cerrada?

—¡Desde hace dos años! Vamos, mi tía era la sacristana y una vez me enseñó un truco para abrir la puerta trasera.

Ambas rodearon la casa de Dios y llegaron a una pequeña puerta en la parte de atrás que, tras remover unas bisagras, Emperatriz logró abrir. Ya adentro, el espacio sagrado lucía vacío y oscuro. Los bancos, que alguna vez albergaron a los fieles en sus plegarias, ahora estaban cubiertos de polvo y telarañas. El altar, en el que se oficiaron innumerables ceremonias, se encontraba desgastado y despojado de sus ornamentos; sobre sí, los pies de un Jesús Crucificado daban comienzo a la hermosa pintura que cubría toda la bóveda del techo, terminando en la entrada con la cabeza del cristo. Y justo ahí se dirigieron, en busca de la pila bautismal.

—¿Qué es eso? —preguntó Estrella, apuntando su dedo hacia una enorme mancha oscura en la entrada de la iglesia.

—¿Recuerda al padre Dionisio?

—Algo. Bertha y las otras señoras nos traían a misa todos los domingos. ¿Qué le pasó?

—Larga historia —respondió la joven, mientras buscaba algo en su bolso.

—Emperatriz, ¿qué hacemos acá?

—Quemar el libro. Traje alcohol y un encendedor para acabar de una vez por todas con él.

La chica sacó el libro y lo puso en la pila. Destapó la botella de alcohol y vertió todo su contenido sobre él. Luego sacó el encendedor y se lo dio a Estrella.

—Tome, todo suyo.

Estrella tomó el aparato y dio un gran suspiro antes de chasquearlo. La pequeña llama no duró mucho encendida. No había viento en el interior, tan solo se apagó. Así ocurrió dos veces más, como si algo no quisiese que el fuego apareciera, hasta que por fin la llama quedó en firme y fue lanzada a la pila. El fuego que se produjo fue tan vigoroso, que ambas mujeres vieron como sus cabellos se chamuscaron, retrocediendo varios pasos para evitar un daño mayor. A la vista quedaron las imágenes de santos y pinturas que resguardaban el interior de la iglesia, mientras el libro crujía en el fuego que lentamente consumía sus intrigantes páginas, hasta reducirlas a un puñado de cenizas. Luego, una inexplicable bocanada de viento se encargó de esparcir los restos del libro por toda la iglesia. Ambas mujeres se retiraron discretamente del lugar sin mencionar una sola palabra acerca de lo que acababan de hacer.

Dos días después, Estrella decidió bajar a la librería para limpiar el desastre que había quedado. Llamó a Emperatriz y le pidió que fuera al supermercado para que comprar nuevamente los paquetes de café para reponer los perdidos en el incidente. Tenía miedo de abrir y encontrarse el maldito libro ahí, esperándola para mortificarla una vez más, sin embargo, con sus propios ojos había visto cómo se desintegró entre las llamas, así que, sin más demora insertó la llave y empujó la puerta. Con cautela se acercó al mostrador, dio la vuelta y revisó el área de hacer el café, luego se fue a la bodega y el baño. Todo estaba tal y como lo había dejado la última vez. No había rastros del libro. La puerta de la entrada se abrió y Emperatriz ingresó con una enorme bolsa llena de paquetes de café que de inmediato tiró al suelo.

—¿Qué pasó? —preguntó Estrella.

Los ojos llorosos de la joven delataron que el libro había vuelto, pero esta vez no lo había hecho solo. Todos y cada uno de los estantes de la librería estaban repletos de libros azules, cientos de ejemplares colmando la librería, incluso, los paquetes de café que traía Emperatriz ahora eran copias del libro azul.

El silencio imperó en el lugar, la atmosfera era pesada, ninguna de las dos se movía, tan solo permanecían estáticas, congeladas, petrificadas, inmutables. No podría decirse si fueron segundos, minutos u horas lo que estuvieron así, en shock. Hasta que Estrella reaccionó.

—Vete —le ordenó a la joven, sin mover una sola parte de su cuerpo más que sus labios—, tómate el resto del día. Yo me encargo.

Sin meditarlo mucho, Emperatriz se marchó. Había sido demasiado para ella. Estaba segura que muy pronto volvería a ser desempleada, pero prefería eso a tener que lidiar con asuntos más allá de su comprensión. En tanto, Estrella, como si fuera un autómata, subió a su apartamento para traer el pequeño cilindro de gas que usaba en la cocina y una cajetilla de fósforos. Una vez de regreso, abrió la válvula y dejó escapar el contenido inflamable; luego cerró la puerta, sacó un cerillo y lo encendió. La explosión se escuchó casi en todo Castillo y milagrosamente nadie, salvo Estrella, resultó herido. La rápida actuación de los bomberos impidió que el fuego afectara el resto del edificio, dejando únicamente inhabilitada la librería.

Un mes después, Estrella permanecía en el hospital tras perder un brazo y las dos piernas. Emperatriz había decidido probar suerte en la capital, así que las únicas personas que se preocupaban por ella eran Bertha y los niños. Siris y Otto habían insistido mucho en ir a verla, a pesar de las advertencias de su encargada sobre la escena que podrían encontrarse en el hospital: una mujer completamente vendada y con tan solo uno de sus brazos.

Una mañana, Estrella recibió su visita.

—Los niños estaban deseosos de venir a verte —contó Bertha—. Por eso hicieron estos dibujos y querían dártelos en persona.

—Están hermosos —respondió con voz carrasposa.

—Queremos que te recuperes pronto y vengas a jugar con nosotros, ¿verdad Otto?

—Sí. ¡Y vendremos a verte todos los días!

—No es necesario decirlo, pero, en el orfanato siempre serás bien recibida —sumó Bertha, consciente de que en adelante Estrella no podría valerse por sí sola.

—Gracias.

—Vamos niños —ordenó la señora al cabo de un rato—, dejen sus dibujos en la gaveta para que nadie se los lleve y Estrella pueda verlos cuando se sienta mejor.

Otto tomó los dibujos de ambos, abrió la gaveta de la mesita que estaba al lado de la cama, metió las obras de arte, pero sacó algo que estaba dentro.

—¿De qué trata? —preguntó el niño, mostrándole a Estrella el terrible libro azul.

—No puede ser —respondió con voz ahogada y los ojos envueltos en lágrimas.

—¿Qué pasa Estrella? —preguntó Bertha.

—¡No toquen ese libro, está maldito!

—Pero es tuyo —dijo Siris.

—¡No, no es mío!

—Sí, claro. Mira tiene tu nombre —aseguró la niña, señalando el nombre en la portada—: Lorna Talleres.

—Lorna Talleres es un anagrama de Estrella Noral —explicó orgulloso Otto, haciendo alarde de su destreza con las palabras.

Segundos después, el corazón de Estrella se detuvo.

El libro *Las tres brujas*, ahora forma parte de la biblioteca del orfanato.

EL CRUCIFICADO
(2018)

*"La locura del cura nos hace temblar.
Le dice a los Santos que no jueguen más.
Ellos lo ignoran pues no es de fiar.
La locura del cura lo va a degollar".*

Un grupo de niños cantaba esa canción mientras jugaban a la ronda en el jardín de la iglesia. La sacrílega estrofa había sido inventada por algunos irrespetuosos adultos del pueblo, borrachos la mayoría, que juraban que el padre hablaba con las imágenes de los santos.

—¡Niños! ¿Qué es esa falta de respeto? Gálatas 6:7 *"No se engañen: de Dios nadie se burla. Cada uno cosecha lo que siembra."* —reprendió Rita, la sacristana de la iglesia que se sabía la biblia de memoria, que salió a barrer la entrada y los encontró in fraganti— ¡Les diré a sus padres el domingo!

Los niños, que tan sólo se dedicaban a repetir lo que escuchaban de los adultos, echaron a correr aterrorizados por la amenaza de la mujer que, tras dejar limpia la entrada, entró a la iglesia para guardar la escoba y salió de nuevo para irse a hacer algunos mandados.

El templo era grande. Por fuera, su fachada emanaba una majestuosidad atemporal. Sus paredes de piedra, desgastadas por el paso de los años y las inclemencias del clima, exhibían una capa de misterio. La única torre que tenía se elevaba hacia el cielo, señalando con orgullo la presencia del lugar sagrado.

Los vitrales multicolores adornaban las ventanas, permitiendo que los rayos de luz se filtrasen en el interior, creando una atmósfera de reverencia y serenidad. Las dos campanas que ostenta el campanario, han tañido por años los oídos y corazones de los castillenses que, a medida que se acercan cada domingo a la iglesia tras su llamado, son recibidos por el crujir de la madera gastada de sus puertas, como si fuera una invitación a cruzar el umbral y adentrarse en un mundo de devoción y espiritualidad.

Al interior de la iglesia, la luz tenue se filtraba a través de los vitrales coloreados, pintando el espacio con tonalidades suaves y cálidas. El alto techo abovedado, sostenido por columnas detalladas, era abarcado por una gran pintura del Jesús Crucificado de 105 metros de largo, que iniciaba con los pies encima de la entrada y terminaba con su cabeza reposando sobre un altar delicadamente ornamentado.

El aire estaba impregnado del aroma a incienso, esparcido en oraciones y rituales a lo largo de los años. Las bancas, de fina madera tallada, mostraban el desgaste del tiempo, donde tantos fieles se han sentado para orar y contemplar, vigilados de cerca por las imágenes de siete santos, cual si fueran guardianes del lugar.

El padre Dionisio había llegado a Castillo en 1980 procedente del país vecino y, tras 38 años de servicio sacerdotal, se había convertido en un personaje sumamente apreciado en el pueblo; carismático y comprensivo, de sermón corto pero sustancioso. No había en el pueblo quien no lo conociera, a pesar de que cada vez eran menos los castillenses que practicaban la fe católica.

El cura venía padeciendo de una enfermedad mental que lo sumergía en un mundo de ilusiones y delirios por periodos aleatorios, y llevaba lidiando con ella en secreto, salvo Rita, que era la única persona que lo sabía. Algunos castillenses, cuando pasaban tarde por la iglesia o la visitaban para orar o realizar algún trámite, juraban que el padre sostenía conversaciones, airadas en ocasiones, con las imágenes religiosas que decoraban la iglesia.

Según varias versiones, pasaba el tiempo discutiendo con los santos y ángeles de yeso sobre un asunto en particular: el crucificado pintado en el techo.

—Yo vine a sacar una constancia de bautizo y cuando pasé a dejar una ofrenda, escuché al padre discutir con alguien —relataba doña Ifigenia en el supermercado del señor Garos—, pero no había nadie más con él. No entendía lo que estaba diciendo, pero se movía de un lado para el otro como enojado, porque a ratos levantaba su mano con gesto amenazador.

—Ayer en la mañana, cuando salí de trabajar —interrumpió Fermín, el guarda nocturno de la escuela de música—, pasé por la iglesia y también escuché una discusión. Me pareció muy raro porque los miércoles no hay misa de 6 y la iglesia estaba cerrada, entonces me asomé por uno de los vitrales, el que está roto, y por ahí pude ver al padre discutiendo con San Martín de Horlas.

—¡Ven! —exclamó Rosamía, la esposa de Bernardo Rivera— Algo le está pasando al padre Dionisio. Pobrecito ya está muy mayor.

—¿Mayor? —inquirió la conserje del supermercado— No tiene ni 60 años creo. Hace una semana el padre vino por acá para comprar unas estampitas de Santa María Macarena y les puedo jurar que lo escuché discutir con ella *"No, Macarena. No cambiaré de opinión"* le decía a la estampita. En eso me llamó el señor Garos y no pude oír más.

El grupo de vecinos, que se apostaba en el pasillo 7 del supermercado, seguía discutiendo sobre el actuar misterioso del sacerdote, hasta que una voz femenina los interrumpió.

—Proverbios 15:4: *"La lengua apacible es árbol de vida, pero la perversidad de ella es quebrantamiento de espíritu."*

Rita, que había escuchado todo desde el otro lado sin ser advertida, se encargó de dejar despejado de personas todo el pasillo 7, tras recitar ese extracto de las escrituras. Luego, se sacudió las mangas de la blusa en señal del deber cumplido y se dispuso a continuar con sus compras.

Rita era una mujer muy devota, temerosa de Dios y sacristana de la iglesia desde que el antiguo sacristán, su esposo, falleció. Se esmeraba en proteger la imagen del padre Dionisio; sabía que su cabeza no andaba muy bien, pero le tenía tanto cariño que no soportaba la idea de que, por boca de los feligreses, el rumor llegara a las autoridades de la iglesia y lo alejaran de Castillo.

Ella oraba todas las noches por el padre. Pedía a Dios que le sanara para que las habladurías en el pueblo cesasen y pudiera seguir su misión evangelizadora, pero los recuerdos de los hechos acontecidos cada día le pausaban la oración. Rita era testigo silenciosa de las francas discusiones que el cura sostenía con las imágenes; siempre debatiendo sobre la posición que la pintura del Jesús Crucificado tenía en la bóveda del techo. Para el sacerdote, el Jesús no debía estar en esa posición. Para él, la posición correcta era dejando la cabeza sobre la entrada para que recibiera a los feligreses, y los pies en el altar, pero, al parecer, las imágenes diferían y alegaban que aquella era la posición adecuada para transmitir su mensaje de redención.

En más de una ocasión, Rita tuvo que intervenir para que el padre Dionisio no tirara al suelo a alguno de los santos cuando le contradecían, y llegaba en el último segundo para calmarlo. Nunca, en ningún momento, la sacristana oyó, observó o percibió manifestación alguna de aquellas representaciones sagradas. Todo estaba en la cabeza del cura.

Con el pasar de los meses, el padre Dionisio fue empeorando su condición; aprovechaba el sermón para criticar la posición del Jesús Crucificado, desviándose de la explicación del evangelio de turno. Incluso, a la hora de colectar las ofrendas monetarias, insinuaba que parte del dinero recogido sería utilizado para pintar el techo en su totalidad, obviamente, incluyendo el cambio en la posición de Jesús. Si bien, la demencia del cura se había convertido en un secreto a voces, los castillenses se hacían de la vista gorda por el enorme cariño que le tenían, pero, cuando comenzó formalmente con las intenciones de borrar el Jesús actual y pintar uno nuevo, los feligreses cambiaron de opinión y dejaron de ir a misa.

El Jesús Crucificado que adornaba la bóveda del techo, era considerado una obra de mucho valor, tanto artística como sentimentalmente para el pueblo de Castillo. Se había pintado en 1953 cuando se levantó de nuevo la iglesia tras el terremoto del 46 y en sus primeros años fue motivo de peregrinación de fieles de todas partes del país. Un nieto de Eleazar Castillo había sido el encargado de pintar al majestuoso Jesús, quien, como la mayoría de su familia, cuando intentó abandonar el pueblo, logró tan sólo un final trágico.

Una tarde, cuando ya casi se ocultaba el sol, un alboroto convocó a los castillenses a las afuera de la iglesia. El padre Dionisio subió al campanario y comenzó a sonar las campanas sin motivo aparente. Luego bajó, y en la entrada invitaba a todos a pasar para que juntos convencieran a los santos de cambiar al crucificado de posición. Con mucho temor, los presentes sólo atinaban a observar el comportamiento desesperado del cura, mientras que algunos otros empezaban a burlarse de él.

—¡Váyanse! —les gritaba Rita, mientras trataba de apaciguar al padre— ¡Váyanse a sus casas! ¡Primera de Timoteo 5:17 *"Los ancianos que gobiernan, bien sean tenidos por dignos de doble honor, mayormente los que trabajan en predicar y enseñar"*! ¡Váyanse a sus casas!

El actuar de la sacristana, en lugar de apaciguar lo que acontecía, más contribuyó al espectáculo que había iniciado el sacerdote, hasta que una patrulla sonó su sirena y puso fin a la exhibición vespertina.

La mañana siguiente, el desconcierto de los castillenses por el comportamiento peculiar del padre Dionisio los llevó a quejarse a las autoridades de la iglesia. La respuesta fue inmediata y, preocupados por el bienestar del cura y el impacto en la comunidad, decidieron tomar medidas drásticas. Dos días después, tres miembros de la Conferencia Sacerdotal arribaron a Castillo para llevarse al padre Dionisio a una casa de retiro; un lugar tranquilo y apartado del mundo donde pudiera recibir atención médica y descansar de sus alucinaciones.

A pesar de su rápida respuesta, las autoridades eclesiásticas no dejaron a nadie a cargo de la iglesia de Castillo, obligándola a permanecer cerrada por el tiempo que tomara la recuperación del padre o su retiro definitivo. Únicamente era visitada por Rita, quien realizaba la limpieza para evitar la acumulación de polvo y cambiar las flores del altar.

Cierta mañana, cuando la sacristana llegó para la limpieza semanal, le pareció oír un par de voces que murmuraban dentro de la iglesia. Cerró la puerta con delicadeza para no advertir a los intrusos de su presencia y comenzó a andar de puntillas. Un ruido en el techo, como un rechinar, le hizo levantar la mirada y posar sus ojos en los pies del crucificado, siguiendo la pintura atentamente hasta el altar.

—¿Nos ha oído? —susurró una voz femenina que parecía provenir de uno de los costados.

—Shhhhhh —respondió una grave voz al otro costado.

Rita continuó su paso sigiloso y se detuvo a mitad del templo; hizo una observación general del lugar tratando de identificar algún movimiento extraño o de encontrar huellas en el piso ya que el polvo acumulado pondría en evidencia a cualquier intruso, pero las únicas huellas que habían eran las suyas. El techo volvió a crujir. La iglesia era antiquísima, por lo tanto, que sonara no era nada nuevo, pero nunca había escuchado ese tipo de sonido.

—Salmo 56:3 *"Cuando siento miedo, pongo en ti mi confianza"* —recitó de memoria, como siempre.

Escuchó otro cuchicheo en uno de los costados y caminó directo hasta donde estaba la imagen de Santa Romualda Ivanés, segura que de ahí provenían las voces. Miró entre las bancas y debajo de ellas en busca del visitante misterioso, pero la búsqueda no dio resultados. Entonces se quedó observando fijamente a la santa, como si ella pudiese darle una respuesta. Los ojos de la imagen tenían un brillo peculiar, casi parecían reales. La sacristana tomó el sacudidor de polvo y lo pasó por el rostro de la santa, haciéndole, según ella, cosquillas en la nariz.

—¿Me dirás quién hizo esos ruidos, mi querida Patrona de los Agonizantes?

Segundos después, cayó en cuenta de que le estaba hablando a una imagen de metro y medio, hecha de yeso.

—¡Ya parezco el padre Dionisio! —bromeó, pero seguidamente rectificó tras reconocer su falta— Efesios 4:29 *"No salga de vuestra boca ninguna palabra que ofenda, sino sólo la que sea buena para la necesaria edificación"*.

Tres golpes en la puerta le hicieron dar un salto, helándole la piel. El crujir emanado de la vieja madera al abrirse se le hizo eterno. Lentamente giró la cabeza y, asomándose por la puerta, observó a un pequeño niño que le saludaba con la mano.

—Doña Rita, ¿el padre Dionisio ya está mejor? —preguntó el chiquillo, entrando unos pasos.

—No. Bueno, sí —respondió la mujer tras haberle retornado el alma al cuerpo.

—¿Cuándo volverá?

—Espero que muy pronto, angelito.

Rita caminó hasta la entrada para terminar de conversar con el niño, que disfrutaba del eco que se producía en el lugar.

—Hay que orar mucho por el padre Dionisio, por su mente y corazón.

Cuando Rita dijo "mente", los ojos del niño saltaron de emoción, como si estuviera esperando que dijera esa palabra y echó a correr gritando hacia afuera *"¡El padre está loco, está loco!"*, seguido de otros niños que se ocultaban en los arbustos y repetían en coro las palabras de su amigo.

Inmóvil por la ira y roja como un rábano, la sacristana se quedó con la mirada entreabierta, tratando de memorizar quiénes eran niños que se habían presentado a la iglesia para asustarla y burlarse del padre Dionisio. Por su mente pasaron muchas frases en contra de esos pequeños rufianes y que deseaba gritarles, pero, recomponiéndose y recordando su deber cristiano, con mucha compostura solo atinó a decir:

—Lucas 23:34 *"Padre, perdónalos, porque no saben lo que hacen"*.

Dicho esto, dio media vuelta y entró de nuevo en el templo, cerrando con llave para que nadie la molestara y así poder empezar con sus labores.

Todo el alboroto con los niños le había hecho olvidar el asunto de las voces misteriosas, por eso, cuando barría, notó que el piso estaba intacto, sin una sola huella o rastro de que aquellos mocosos hubiesen estado adentro de la iglesia, dejándola con la intriga de si todo lo que había escuchado era producto de su imaginación o quizá el padre Dionisio no estaba tan mal de la cabeza como se creía.

Al cabo de unos meses, la comunicación de los castillenses con las autoridades de la iglesia se había debilitado; no daban razón del estado de salud del padre Dionisio. Lo último que supieron era que estaba en tratamiento y que había sido sometido a varias terapias para aliviarle los síntomas, pero nada más.

En Castillo, los feligreses, o al menos los más fervientes, seguían la misa por televisión, pero no dejaban de preocuparse por el destino de su parroquia. La navidad estaba a la vuelta de la esquina y no había certeza de quién se haría cargo de todas las actividades religiosas que conlleva esa época del año. Muchos le pedían a Rita que abriera la iglesia algunas horas entre semana para ir a orar, pero ella se limitaba a cumplir las instrucciones del cura de ir una vez a la semana para limpiar y no dejar ingresar a nadie más.

Una tarde de viernes, Rita se aprestaba a cerrar la iglesia tras dejarla perfectamente limpia. Colocó el picaporte de hierro y puso el candado, pero cuando lo iba a cerrar, alguien puso una mano en su hombro.

—Deja, hija. No cierres —dijo con voz pausada el padre Dionisio.

—¡Padre! ¡Ha vuelto! —exclamó la sacristana—. Lucas 5:26 *"Al ver esto, todos se maravillaron y glorificaron a Dios, diciendo: ¡Hemos visto cosas extraordinarias hoy!"*

El júbilo de la mujer contrastaba con la discreta aparición del sacerdote; ataviado con un abrigo de gorro que le cubría el rostro casi en su totalidad, en su mano traía la maleta y en el hombro le guindaba un bolso grande con algunas cosas. Se veía enflaquecido, tembloroso y más encorvado que cuando se fue.

—Rita —dijo, quitándose la capucha—, has cuidado bien de mi iglesia. El Señor nuestro Dios te ha de bendecir enormemente.

La mujer permanecía perpleja viendo la cabeza del padre Dionisio. Estaba completamente rapada, con signos aun visibles que hacían sospechar que estuvo conectada a algún aparato. Tenía los ojos enrojecidos y las cuencas algo hundidas, su piel lucía reseca y maltratada. A pesar de eso, no dudó en pensar que el cura estaba recuperado de su enfermedad y que se le había permitido regresar a su querida iglesia.

—Déjeme las llaves y retírese a descansar, Rita. Vengo algo exhausto y sería inadecuado permanecer aquí a expensas de que alguien vea que estoy de vuelta. Muchas gracias por todo, vaya usted con Dios —se despidió dándole la bendición con su mano.

La mujer, aun sin salir de su estupor, abandonó el lugar y se dirigió al supermercado para comprar algunas cosas. Estando ahí se le ocurrió llevar los ingredientes necesarios para prepararle un pastel de fresa al padre Dionisio a modo de bienvenida. Cuando llegó al estante donde estaba la harina, se topó con la conserje y esta, viendo que tenía un extraño semblante, le preguntó si todo andaba bien.

—El padre ha regresado —contestó en automático.

—¡Vaya, ¡qué bien! En buena hora que regresó, estar sin cura estaba haciendo que Castillo pareciera un pueblo olvidado por Dios, como dicen por ahí.

—Salmo 94:14 "*Porque Jehová no desamparará a su pueblo, ni desamparará su heredad*" —recitó de la misma forma que contestó anteriormente, tomó lo que ocupaba y se marchó a su casa para preparar la receta, quedándose en ello hasta casi la media noche.

El repicar de las campanas reverberaba en el aire, anunciando que la mañana del sábado había comenzado. Las palomas que descansaban en el campanario ahora revoloteaban por encima de los árboles, en una danza perfectamente sincronizada. Rita se despertó con sobresalto al escuchar las campanas, sabía que no habían vuelto a dar su talán desde que se llevaron al padre y no se esperaba que las hiciera sonar aun, sin siquiera informar al pueblo de su regreso. Las campanas sólo sonaban a las 6 de la mañana y 6 de la tarde o para llamar a misa y el único que se encargaba de ese menester era el padre Dionisio.

Rita sabía que algo extraño debía estar pasando, porque eran casi las 6:30 y los sábados nunca hubo una misa temprano. Salió de la cama con prisa, se cambió la ropa, empacó el pastel que había horneado la noche anterior y se dirigió a la iglesia. Cuando llegó, en los alrededores ya se habían formado algunos grupos de vecinos que murmuraban sobre ese extraño acontecimiento y se asombraron al verla porque creían que era ella la responsable de agitar el campanario.

La sacristana apuró el paso y llegó hasta las puertas de la iglesia, puso el pastel en el suelo y comenzó a tocar con vehemencia. Como el cura no respondía, comenzó a golpear con más fuerza bajo el escrutinio de los vecinos que poco a poco se iban acercando y no tenían la menor idea de lo que estaba sucediendo. Entonces alzó la voz para llamarlo.

—¡Padre Dionisio! ¡Padre Dionisio! ¡Abra, por favor!

Esas palabras, aunadas al comportamiento de la mujer, causaron sorpresa entre los presentes, porque no estaban al tanto de que el padre hubiese regresado a Castillo y comenzaron a sospechar que algo no andaba bien.

Rita seguía golpeando las puertas y llamando al cura con gritos cada vez más desesperados, lo que motivó a algunos vecinos acercarse y unirse a los llamados, mientras que otros trataban de contactar a la policía.

El pastel de fresa que estaba en el suelo sucumbió ante las pisadas del tumulto que ya se había armado en la entrada; cuando se percataron, los vecinos retrocedieron al ver sus zapatos salpicados del relleno rojo y miraron con ojos de pena a la sacristana. Uno de ellos levantó lo que quedaba del regalo del cura para no causarle más daño y se lo entregó a Rita. Fue ahí donde todos guardaron silencio.

Lo rojo en sus zapatos no provenía de aquel pastel, sino que se filtraba de debajo de las puertas de la iglesia. El fuerte olor a hierro que empezaba a percibirse generó el temor entre los vecinos, que rápidamente retrocedieron; pero todo se descontroló cuando Rita dejó caer el pastel comenzó a gritar:

—¡Sangre! ¡Sangre! ¡Abran la puerta, por favor! —exclamó, mirando los hombres presentes, que rápido atendieron su solicitud.

El grupo de varones intentaba franquear las puertas, pero el fuerte picaporte con candado resistía los embates a pesar de su antigüedad. Fue sino hasta que llegó una patrulla de la policía y, con una palanca, lograron derribar el obstáculo metálico. Con sumo cuidado, los oficiales abrieron las puertas de par en par, dejando al descubierto la macabra escena. El hilo de sangre que salía por la puerta no era nada comparado con el charco que se encontraba adentro, sobre el cual yacía, boca arriba, el cuerpo sin vida del padre Dionisio, con una pequeña pero profunda herida en la garganta, de la cual aún salían borbollones de sangre y, tirada, cerca de él, estaba una brocha rota por el mango, a modo de punzón e impregnada del rojo líquido.

La voz había corrido rápidamente por todo Castillo, haciendo que los pequeños grupos que se habían formado al inicio, ahora convergían en una sola masa. Los oficiales se apresuraron a retirar a los que estaban cerca, poniendo la cinta policial en un perímetro extenso, dejando dentro únicamente a Rita, la persona más cercana al padre Dionisio. Aun en shock, e incrédula ante lo que veían sus ojos, la mujer se acercó con paso lento a la escena del crimen. Los oficiales murmuraban entre sí la posibilidad de que el cura se hubiese quitado la vida, tomando en cuenta su enfermedad mental y la brocha encontrada cerca de su cuerpo, pero ella no creía que su pastor fuera capaz de cometer tal pecado.

Rita miró al sacerdote y notó la mueca que tenía en el rostro; asimilaba una sonrisa de satisfacción. Y los ojos del padre, que aún estaban abiertos, apuntaban directamente al techo. La sacristana levantó la mirada y segundos después, cayó de rodillas.

—Jeremías 32:17 *"¡Ah, Señor omnipotente, tú, con tu gran poder y tu brazo poderoso, ¡has hecho los cielos y la tierra! Para ti no hay nada imposible"* —exclamó con lágrimas en los ojos.

Seguidamente, los oficiales alzaron la vista hacia el techo y se postraron de rodillas. El Jesús Crucificado, esa hermosa pintura de 65 años y más de cien metros de largo que adornaba el techo de la iglesia, había cambiado de posición. Mirando directamente al padre Dionisio, se encontraba la cabeza de Jesús y ahora sus pies clavados descansaban sobre el altar; como si hubiese sido alterada por una fuerza sobrenatural, tal como siempre quiso el cura.

    La noticia se extendió por el pueblo, y rápidamente despertó el temor y la inquietud entre los habitantes. Los castillenses se preguntaban si el atormentado del padre Dionisio había logrado llevar a cabo su deseo de cambiar la posición del crucificado fingiendo su reclusión en una clínica mental para dedicarse a cambiar la pintura. Incluso se decía también que Rita, durante la ausencia del sacerdote, se encargó de la transformación del Jesús. Las conjeturas y especulaciones se propagaron, pero no había explicación lógica para lo que había sucedido. Lo único cierto es que era exactamente la misma pintura, solo que en diferente posición. Nunca se escuchó un solo ruido que evidenciara trabajos dentro de la iglesia, y un cambio de esa magnitud era imposible que lo llevasen a cabo una o dos personas.

    Desde entonces, la iglesia se convirtió en un lugar temido por todos los castillenses y las autoridades locales ordenaron cerrarla hasta que un nuevo sacerdote fuera enviado por los jerarcas de la iglesia. Rita, por su parte, abandonó sus funciones como sacristana y nunca volvió a poner un pie en el templo. Aquella estrofa que cantaban los niños y los borrachos, vaticinadora para muchos, quedó completamente prohibida, a tal punto, que era penado por ley su siquiera recitación.

    El cuerpo del padre Dionisio fue enterrado un lunes por la mañana en el cementerio de Castillo, sin nadie que presidiera las honras fúnebres más que su única y fiel amiga Rita, quien como últimas palabras recitó:

    —Juan 11:25-26 *"Jesús le dijo: —Yo soy la resurrección y la vida. El que cree en mí vivirá, aunque muera; y todo el que vive y cree en mí no morirá jamás".*

LA LUZ
(2011)

Más allá la media noche, un automóvil entró al pueblo a toda velocidad, sonando su bocina sin parar, como si estuviera huyendo de algún peligro. Sus pasajeros, un hombre y una mujer, fueron recibidos por las vacías calles y los semáforos intermitentes. Castillo no tenía fama de ser un lugar de vida nocturna, por lo que encontrar personas a esa hora era poco probable, salvo algunos jóvenes que, en la complicidad de la noche, aprovechaban para hacer grafitis en las paredes de algunos edificios.

Tras largo rato de deambular, el automóvil se detuvo cuando su conductor logró divisar en la acera a un grupo de muchachos, que precisamente, escribían una consigna en la pared de un edificio que albergaba departamentos en la parte alta y un local en la parte baja.

—¡Auxilio! ¡Necesitamos llegar al hospital o a la policía! —exclamó asustado el hombre.

Los adolescentes, al verse iluminados por las luces del carro, huyeron del lugar tan rápido como pudieron, quedando únicamente el joven que sostenía la lata de aerosol, terminando de escribir en la pared.

—¡Auxilio! ¡Mi mujer acaba de dar a luz y nos están persiguiendo! —gritó de nuevo el conductor.

El muchacho, que ya había terminado de pintar *Un lugar olvidado por Dios* en la pared, miró hacia el cielo. Soltó la lata y echó a correr. El hombre, al ver la reacción del joven, salió de su vehículo y también volvió la mirada hacia arriba.

—Nos encontraron Magda. Nos encontraron —dijo resignado.

Con la suerte echada, el hombre fue hacia la puerta de atrás, donde viajaba su mujer, y le ayudó a salir.

Segundos después, una patrulla de la policía acudió al lugar, alertada por uno de los jóvenes que había huido minutos atrás. Sus dos ocupantes bajaron del auto policial y solicitaron a la pareja que no se moviera.

—Ya es muy tarde oficial. No hay nada que puedan hacer. Por favor cuide de nuestros hijos —dijo la mujer, que lucía pálida y temerosa.

Los policías, que no entendían a qué se refería la mujer, les ordenaron que se alejaran lentamente del carro mientras les apuntaban con el arma. La pareja miró al cielo y se tomó de la mano. De pronto todo se iluminó. Una luz enceguecedora, que provenía de arriba, colmó el lugar y obligó a los oficiales a cubrirse los ojos.

Cuando la luz se disipó, los patrulleros se acercaron al vehículo y observaron los zapatos de la pareja sobre la calle, sin embargo, ellos ya no estaban ahí. Los hombres miraron hacia arriba y se toparon con un cielo hermosamente estrellado. Luego, un ruido dentro del carro les llamó la atención y fueron a investigar. En el asiento trasero, envueltos en unas pequeñas sábanas, estaban dos recién nacidos.

Nunca se supo con certeza qué ocurrió con el hombre y la mujer que viajaban en ese automóvil. Dentro del vehículo no había ningún documento o pista que revelara la identidad de sus cuatro ocupantes. Los recién nacidos, un varón y una niña, quedaron al resguardo del orfanato hasta encontrar a un familiar cercano.

LA ULTIMA CAMPANADA
(1982)

Eran las seis menos cinco de la tarde. Un policía sonaba a prisa la campana que se encontraba en la Plaza de la Fundación para advertirle a todo el pueblo que era momento de entrar a sus casas o cualquier recinto que tuvieran cerca para resguardarse durante los siguientes diez minutos. El gendarme dejó de tocar y salió corriendo hacia la iglesia, donde un recién ordenado padre Dionisio le esperaba en la puerta.

—¡Válgame Dios, padre Dionisio! —exclamó el uniformado con suma agitación.

—Descuida, hermano. Ya estás seguro aquí adentro.

—¿Cuándo cree usted que acabe esto, padre? Yo a veces creo que la gente tiene razón cuando dice que Castillo es un lugar olvidado por Dios.

—¡Ay hermano! No digas eso. Acompáñame a rezar, mejor. Pidamos a Nuestro Señor para que esta sea la última vez que tengamos que esperar esta temible visita.

Ambos se tomaron de las manos y cerraron sus ojos, el padre inició la plegaria y el policía la replicaba. La tranquilidad del joven sacerdote era polo opuesto al tremor que experimentaba su acompañante, más aun, cuando de pronto se apagaron las luces afuera y dentro del templo.

—Santo Dios, Santo Fuerte, Santo Inmortal. Líbranos Señor de todo mal.

—¡Santo Dios, Santo Fuerte, Santo Inmortal! —repetía alterado el oficial y apretaba cada vez más fuerte la mano del cura— ¡Líbranos Señor de todo mal!

La oración se vio interrumpida por el terrible chirrido de aquellas criaturas que anunciaban su llegada y que ni un enjambre de langostas lograba causar tanto miedo. Luego hubo un instante de profundo silencio. Ambos hombres permanecían sentados en la banca sin moverse un ápice, esperando que el estruendo volviera a hacerse presente como indicador de que lo peor había pasado.

—Padre —susurró el policía—, como hombre de Dios, ¿eso que está ahí afuera es creación de Nuestro Señor?

—Claro, hermano. Nuestro padre es el hacedor de todo lo que existe, incluso de estas…

El aturdidor aleteo regresó y resonó en los muros de la iglesia como ninguna de las ocasiones anteriores, diluyéndose lentamente con el paso de los segundos hasta desaparecer por completo. El padre Dionisio y el policía, conscientes de que el peligro podría no haberse acabado, decidieron esperar unos segundos antes de abrir las puertas de la iglesia para asegurarse que las criaturas se hubiesen marchado.

—¿Abrimos ya, padre?

—Abramos.

Una vez estando de par en par las puertas de la iglesia, el oficial salió rumbo a la Plaza de la Fundación para volver a sonar la campana, indicándole a los castillenses que ya era seguro salir de nuevo, pero al llegar, quedó boquiabierto porque la pesada campana no estaba, al igual que la ofrenda que habían dejado. Corrió de vuelta hacia la iglesia lo más rápido que pudo para contarle al padre Dionisio lo sucedido y para sonar el campanario en lugar de la campana desaparecida.

—¡Padre, la campana no está! ¡Se la han llevado con la ofrenda! —gritó a viva voz, deteniéndose a tomar aire en la entrada de la iglesia.

—Ves, hermano, el poder de la oración es grande y si se han llevado la campana es porque no quieren que las llamemos más. Castillo volverá a ser un lugar tranquilo.

—Creo que después de no volverán a decir que Castillo…

—No lo repitas —interrumpió el padre—, mejor ve a sonar las campanas para que el pueblo vuelva a salir tranquilo y puedas contarles lo que viste.

El policía agitó el campanario con enorme emoción y los castillenses poco a poco fueron saliendo de sus casas rumbo a la plaza, con la ilusión de que nunca más volvieran a tener que sacrificar a uno de los suyos.

DIABÓLICA
(1979)

La veraniega mañana invitaba a salir al bosque y recorrer la vereda junto al río. Leticia y Margareth estaban conscientes de ello y por tal motivo emprendieron una pequeña expedición en la zona verde que rodeaba Castillo. Ambas jugaban a las escondidas aprovechando los frondosos y tupidos árboles que se imponían en el lugar.

—...3, 2, 1. Lista o no, ¡ahí voy! —gritó Margareth, aún con los ojos levemente tapados por sus manos.

La pequeña pelirroja comenzó a zigzaguear entre árbol y árbol para ubicar a su amiga, pero con el pasar del tiempo cayó en cuenta de que no sería tarea fácil. Leticia, de cabellos rubios, andaba un vestido blanco inmaculado que podría distinguirse fácilmente en la verdosidad del bosque y esto hizo que Margareth se preocupara al no verla en las cercanías.

—¡Leticia! ¡Leticia Tellerman! ¿Dónde estás?

El viento que se colaba entre los árboles fue la única respuesta que recibió. Le pareció extraño porque usualmente cuando se está en el bosque, además del viento, se escucha el trinar de las aves, el trote de algún caballo o el crac de las ramas rotas por las pisadas de zorros, conejos o ardillas. Pero en esta ocasión reinaba misteriosamente la tranquilidad.

La niña se detuvo en un claro donde podía ver por sus cuatro costados y se quedó inmóvil, tratando de detectar cualquier movimiento de su compañera.

—¡Leticia Tellerman, me voy! —vociferó— ¡Le diré a tu hermana que fuiste tú quien le rompió su flauta a propósito!

Tal coacción no tuvo resultados. El silencio se hacía perenne y colmaba la paciencia de Margareth, hasta el punto que tomó la decisión de marcharse y dejar sola a su amiga.

Por su cabeza no cruzaba la idea de que algo malo le hubiese sucedido, sino más bien que se hubiera marchado primero para jugarle una broma. De las dos niñas, Leticia era la más astuta, traviesa y, en ocasiones, maliciosa; características que la hacían meterse constantemente en problemas, por eso no era nada extraño que ya estuviese en su casa mientras la pelirroja la seguía esperando en el bosque.

Por otro lado, Margareth, una niña timorata, volvía la mirada atrás cada cierta cantidad de pasos anticipando que su amiga viniese a sus espaldas para asustarla y, en una de esas ocasiones, tropezó con la raíz de un árbol y cayó al suelo. El accidente no le produjo más que un raspón en cada rodilla, así que rauda se levantó, pero al alzar la mirada, vio una figura blanca no muy lejos de ahí junto a un árbol: era Leticia, que se encontraba arrodillada e inmóvil.

—¿Leticia? —llamó con voz temerosa, mientras caminaba hacia ella— Llevo rato buscándote, ¿qué te habías hecho?

La niña no respondió. Margareth apresuró el paso y se puso detrás de su amiga.

—Shhhhhh —indicó Leticia, girando levemente la cabeza y haciendo el gesto con su dedo índice en la boca.

—¿Qué pasa, Leticia? Vámonos —susurró la pequeña de pelo colorado.

—Mira esto.

El pelo rojizo de Margareth lució más encendido cuando su rostro palideció. Los ojos azules bien abiertos, a punto de desorbitarse, eran testigos de algo que nunca antes habían visto, que, si acaso conocían gracias a libros de fantasía o historias que contaban los mayores, pero jamás hubiese imaginado tener frente así a un hada del bosque.

—¿Está muerta?

—Creo que sí. —respondió Leticia.

—¿Cómo lo sabes?

—¿Alguna vez has matado un mosquito?

—Sí. En mi casa cuando es verano lleg…

—Así fue. Cuando intenté ocultarme en el hueco del árbol ella venía hacia afuera y, no sé cómo, pero la aplasté con mis manos. Quizás apreté muy fuerte, porque pude oír cómo le crujieron los huesos.

La criatura yacía sobre el lecho verde, inerte. Su figura era delicada, casi etérea, como si estuviera hecha de sustancias o elementos más allá de lo terrenal; casi del tamaño de la mano de Leticia, que rondaba los 10 años. La piel era pálida como la luna, lo que hacía presumir que efectivamente estaba muerta. Estaba vestida con ropa de color terroso, hecha de un material parecido al pétalo de una flor. Su cabello estaba compuesto por un conjunto de pequeñas hebras de color plata. Las alas eran exquisitamente hermosas, delicadas y translúcidas. Era un ser fantástico.

Las niñas se acercaron a ella con curiosidad y la observaron detenidamente. Leticia posó su dedo índice en el pecho del hada y la movió. De súbito, su cuerpo emanó un resplandor singular, más bien sobrenatural.

—¡Está viva! —gritó con emoción Margareth, mientras Leticia guardaba silencio.

El diminuto ser abrió los ojos, dejando entrever su hipnotizante color tornasol. Su pecho se infló y luego comenzó a toser. Estaba recobrando la vida. El rostro de Leticia se llenó de traviesa alegría al ver que aquella criatura estaba reaccionando; ya imaginaba la algarabía que iba a generar en el pueblo tal descubrimiento.

—Dame una prensa de tu cabello —ordenó Leticia.

—¿Para qué?

—Quiero ver cómo es por dentro un hada —respondió con una risa malévola.

—¿Estás loca? ¡No ves que aún está viva!

Leticia se levantó, se sacudió las rodillas y se puso frente a Margareth, que era un tanto más pequeña. Le quitó una prensa del pelo y le dio un empujón que la hizo caer sentada.

—¡No lo hagas! —gimoteó derrotada la pelirroja.

La rubia niña se volvió hacia el hada, se hincó y le arrancó las alas de un solo tajo a pesar de los chirridos suplicantes que lanzaba la criatura. Los débiles intentos que hacía por reincorporarse cesaron cuando le clavó la parte puntiaguda de la prensa en el pecho y la abrió de arriba abajo, para luego desentrañar con su dedo el cuerpo sin vida del hada. Un líquido entre verdoso y amarillo con tono iridiscente emanó del cuerpo del pequeño ser, que Leticia palpó con las yemas de sus dedos y luego llevó hasta su boca.

—¡Guácala! —dijo con asco— Pensé que la sangre de las hadas tenía buen sabor, que sabía como a helado de vainilla.

Luego se volvió hacia Margareth y le puso los dedos en la boca, untando los restos del líquido en sus labios. La niña escupió de inmediato y se levantó rompiendo en llanto. Hizo el ademán de gritarle algo a su amiga, pero el trauma de lo sucedido provocó que perdiera la voz; había quedado muda de la impresión. Entonces salió corriendo para la casa. Leticia levantó los hombros en claro gesto de que le importaba poco que la otra niña se marchara, se volvió a hincar y siguió despedazando al hada.

El acto que realizó fue tan malvado y horrible que asustó a los animales del bosque, los cuales se encontraban escondidos entre los árboles, nidos y madrigueras, observando en silencio. Cuando la pequeña maldosa satisfizo su curiosidad, se limpió las manos en el vestido blanco y se fue con una sonrisa malévola. Minutos después, el grueso aleteo de un enjambre de hadas rompió la monotonía del lugar, encontrando el cuerpo de su compañera atrozmente desmembrado.

Un chirrido ensordecedor resonó en el bosque, ahuyentando a todos los animales. Era un clamor, un llanto adolorido por la pérdida de una de ellas. Fue tan fuerte, que incluso en el pueblo se alcanzó a escuchar, sembrando el temor entre los castillenses. La muerte del hada fue una ofensa para todas y cada una de las criaturas del bosque, y desde ese momento juraron venganza.

Los días posteriores al hecho todo marchó con normalidad; aquel extraño ruido quedó en el misterio y el secreto de la muerte del hada quedó guardado entre las dos niñas que, a pesar de lo sucedido, continuaron su amistad. Sin embargo, al poco tiempo las cosas comenzaron a cambiar en el bosque: las hojas se desprendieron de sus ramas y los árboles empezaron a secarse y morir. El clima se volvió cada vez más frío y oscuro. Los sonidos ordinarios que se solían escuchar desaparecieron, dejando una atmósfera espeluznante en el aire. A medida que pasaba el tiempo, los acontecimientos extraños se volvieron cada vez más frecuentes y llegaron hasta el pueblo. Todos los animales, del pueblo o del bosque, se esfumaron sin dejar rastro, los cultivos dejaron de crecer y la gente comenzó a sentirse enferma y debilitada.

Los castillenses cayeron en cuenta de que, luego de aquel extraño rechinar, las cosas cambiaron y las sospechas de que algo malo había ocurrido en bosque comenzaron a circular, infundiendo el miedo y la paranoia entre los habitantes, tanto así, que no se atrevían a visitarlo.

A los pocos días, los animales regresaron, pero no en la misma forma que ostentaban antes de desaparecer. Sus cuerpos estaban retorcidos y deformados, como si un poder mágico se hubiera encargado de convertirlos en seres aberrantes. Las autoridades no podían explicar que estaba sucediendo y la atmosfera de terror que se había desatado las obligó a declarar una emergencia en la comunidad, forzando a todos a mantenerse dentro de sus casas día y noche. La medida, aunque extrema, fue acatada por los castillenses, pero de poco sirvió porque, una noche, las hadas aprovecharon y se presentaron en el pueblo para desatar el caos.

Todas las luces de Castillo se apagaron simultáneamente, quedando en completa oscuridad; ni siquiera las linternas que portaban los pocos policías que resguardaban el pueblo funcionaban. De pronto todo se silenció. Un par de minutos después, irrumpió un tenebroso chirrido. Eran miles de hadas que se desplazaban hacia el centro del pueblo, agitando las alas con una velocidad descomunal. Cuando llegaron a la Plaza de la Fundación, aterrizaron todas al mismo tiempo, con tanta fuerza que hicieron retumbar el suelo. El aleteo provocaba que las ventanas de casas y edificios vibrasen con vigor y se detuvo cuando la líder dio la orden.

Tras una corta pausa, el hada lanzó un grito agudo y el resto de sus compañeras se dispersaron por todo el pueblo en busca de las asesinas de su compañera. Los castillenses se escondían en sus hogares, pero eso no era suficiente para mantener alejadas a las hadas vengativas, que irrumpían con fiereza en casas y edificios, rompiendo ventanas y royendo paredes.

Finalmente, las hadas encontraron a las dos niñas. Cogieron a Margareth y a Leticia con sus manos y las arrastraron hasta el bosque. Las llevaron ante la presencia del hada asesinada y ahí las soltaron, frente todo el cumulo de hadas sedientas de venganza.

—¡Perdón, perdón! ¡Fue una travesura! —lloriqueó Leticia— ¡Ella no quería matarla!

La diabólica niña, aprovechando que Margaret no podía hablar, la inculpó de la cruel muerte del hada. Las pequeñas criaturas soltaron a Leticia que fingía arrepentimiento y, aun estupefacta por la traición, elevaron a la pelirroja hasta más arriba de la copa de los árboles y la dejaron caer. El cuerpo de la pequeña no resistió la caída, rompiendo sus huesos casi por completo, quedando apenas un hálito de vida en su ser. De su boca y oídos brotaban borbotones de sangre, el movimiento involuntario de sus músculos iba de más a menos, su corazón dejaba de latir. La niña de pelo colorado murió mirando fijamente a Leticia que, al ver cómo se apagaba la vida de quien recién traicionó, echó a correr de vuelta hacia el pueblo.

Testigos de aquella injusticia, algunos animales del bosque se acercaron a las hadas y narraron los hechos como en realidad habían ocurrido. La revelación enfureció más a las hadas e hizo que volaran detrás de la traidora, que ya había llegado a la Plaza de la Fundación, donde se encontraban reunidos y consternados cientos de castillenses.

El enjambre de hadas llegó minutos después y se detuvo encima de la plaza. Leticia se recogió el cabello para taparlo con una pañoleta y se escondió entre la muchedumbre, que desconocía el porqué de las cosas. Los pequeños seres soltaron los restos de Margareth frente a sus ojos en clara declaración de guerra, pero, al ver la cara de horror de las personas, la líder de las hadas concluyó que había sido suficiente por esa noche y lanzó la temible advertencia: cuando las hojas de los árboles cayeran y sus raíces se secaran, cuando los animales comenzaran a desaparecer, cuando se enfermaran en masa y el día se volviera oscuro y frio, más les valiera esconderse, porque ellas regresarían por una niña del pueblo hasta que les entregaran a la traidora. Dicha esta la advertencia, se retiraron. Esa noche, la confusión reinó en Castillo, pues nadie, salvo Leticia, conocían el verdadero origen de la amenaza.

Las niñas de cada familia volvieron a ver la luz del día hasta pasadas tres semanas después del incidente. El temor de que aquellas ninfas aladas regresaran, hizo que los padres las encerraran en sus cuartos como si fueran prisioneras, con tal de protegerlas. Los padres de Margareth, tras la devastadora muerte de su hija, tomaron la decisión de marcharse de Castillo tan pronto pudieron, sin buscar explicaciones.

Conforme fueron pasando los días, Castillo retornó a la normalidad y del caso de las hadas no se volvió a hablar. Las niñas volvieron a salir de sus casas para ir a la escuela y jugar por las tardes hasta que el sol se ocultara, todas excepto Leticia, que prefería mantenerse entre cuatro paredes y recibiendo clases con tutora, con el miedo constante de que las hadas volvieran por ella.

Una mañana, el sol calentaba con ternura agradable y el cielo lucía completamente azul. La maestra de la escuela había decidido aprovechar el verano para llevar a sus alumnos de excursión al bosque y repasar la materia sobre el proceso de la fotosíntesis. Mientras ella dictaba cómo las plantas obtenían su alimento, acompañada del trinar de las aves, los niños escribían muy concentrados en sus cuadernos.

—Señorita Lorenzo —interrumpió uno de los alumnos—, mi papá dice que Castillo es un lugar olvidado por Dios, ¿es verdad eso?

—Eso no es cierto —respondió la educadora, sin apartar la mirada un segundo del libro de texto—. ¡Mira donde estamos! Este hermoso bosque es creación de Dios. Pero no nos distraigamos, Noel.

—Señorita Lorenzo —volvió a interrumpir.

—Dime, Noel —contestó aún ingrida en el libro.

—Mire esto.

—¡Qué lindo! ¡Gracias Noel! —exclamó, tomando la hoja de árbol que el niño puso en medio de su libro.

La maestra creyó que el párvulo se la había entregado para utilizarla como si fuera un separador de páginas y le regaló una sonrisa a cambio de la hoja, pero, al sacar la mirada del libro, el gesto de agradecimiento se tornó en una mueca de espanto, cuando observó cómo las hojas de todos los árboles danzaban en vaivén hacia el suelo. En una rápida transición, el cielo azul se pintó de gris tras la llegada de un cúmulo de nubes gigantescas y el bosque entró en un silencio aterrador.

—Niños —dijo en voz pausada, para no asustar a los pequeños—, tomen sus cosas, hagan una fila lo más rápido posible y vámonos para la escuela.

Felices porque creyeron que la clase había terminado, los estudiantes hicieron caso a su maestra y se pusieron en marcha. Durante el camino, el grupo de niños caminaba sorprendido, pues el bosque difería mucho del que vieron durante la ida; los frondosos árboles se habían convertido en troncos secos y cafesuzcos que ya no daban sombra, sino miedo.

Cuando llegaron al centro de Castillo, podían ver en las calles a personas dando arcadas, otras tiradas en la acera y fuera de la farmacia un tumulto convirtiéndose en turba. No cabía duda de lo que estaba pasando. Las autoridades comenzaron a dar la voz de alerta a los castillenses para que se resguardaran en sus hogares o trabajos, pero muchos hicieron caso omiso; aunado a lo grande del lugar, otros no se percataron de lo que se avecinaba.

La horda de hadas apareció minutos después provocando un chirrido nefasto, quebrando ventanas e irrumpiendo en las viviendas en busca de la niña traidora sin poder dar con ella. Fue así como llevaron a la plaza a tres pequeñas y las sacrificaron sin mediar contemplación. Las hadas volvieron a lanzar la advertencia y, tras dejar los tres cadáveres tendidos en la plaza, se retiraron.

Castillo se despertó dolido la mañana siguiente. Cuatro hermosas niñas habían perdido la vida a causa de la sed de venganza de las hadas; venganza que aun en el pueblo no lograban entender. Leticia nunca dijo una palabra al respecto. Todos se preguntaban qué habrían hecho mal para despertar tanta furia en esas criaturas del bosque, lo único que sabían era que la próxima vez deberían entregar a una de sus niñas para que las hadas no lo hicieran por su cuenta y tomaran a más de una.

Esto generó un gran conflicto entre los habitantes y las autoridades, que se vieron obligadas a promulgar una ley para que nadie pudiera abandonar Castillo, debido al éxodo que se comenzó a gestar. Y la elección de la niña se supeditó a una escogencia al azar, realizada por el alcalde. La Plaza de la Fundación se convirtió en el lugar de donde, cerca de cada seis meses, las hadas volvían por su ofrenda y los castillenses se resguardaban con una cicatriz abierta y el sentimiento de culpa al entregar a una de sus hijas, con la esperanza de que la sacrificada de turno fuera la que las hadas estaban buscando. Así dio inicio una etapa muy oscura y triste en Castillo, que le iba a costar la vida a muchas niñas inocentes.

Las autoridades colocaron una enorme y pesada campana en la plaza que, cuando sonaba, se podía escuchar incluso en el bosque, con la única finalidad de poner en sobre aviso a todo Castillo cuando las hojas de los árboles volvieran a caer, sus troncos secar, los animales desaparecer, el pueblo enfermar y el día a oscurecer.

LA ROPA TENDIDA
(1965)

Jethro y Aurelia Velásquez llegaron a Castillo atraídos por la buena reputación que ostentaba de grandes oportunidades de trabajo por ser un pueblo en crecimiento, por estar rodeado de verdes parajes, por su clima bondadoso y, sobre todo, por ubicarse muy lejos de otros pueblos. Sin duda, un lugar para empezar de nuevo.

El viaje había sido pesado. La carreta en que se transportaban daba sus últimas rodadas y lucía ya desvencijada, al igual que el caballo que la halaba. El largo trayecto de dieciséis kilómetros que se desviaba del camino principal y que llevaba a Castillo, era muy irregular y lleno de piedra suelta, características que hicieron mella en las grandes ruedas de madera.

Los Velázquez no viajaban solos. Anselmo, de 9 años y Jacinta, de 10 meses, les acompañaban. La familia buscaba dejar atrás algunos problemas en su hogar anterior y Castillo parecía ser el lugar ideal para hacerlo. La felicidad que había provocado la llegada de Jacinta había sido el motor para enfrascarse en una mudanza más que necesaria. La pequeña había nacido contra todos los pronósticos tras múltiples intentos de la pareja por quedar embarazados, debido a un accidente que Aurelia sufrió años atrás y que los daños hacían casi imposible que volviera a engendrar vida. Su nombre le fue dado por haber nacido en otoño, época donde el Jacinto florece y que es llamada la flor de la constancia.

Para mediados de los años 60, Castillo seguía en desarrollo tratando de dejar la ruralidad para convertirse en la siguiente década en un pueblo más urbano. La vasta extensión del lugar otorgaba la oportunidad de asentarse en lotes grandes, logrando que entre vecinos hubiese una o dos parcelas de distancia; sin que esto fuese impedimento para el buen trato y camaradería entre vecinos, excepto para quienes recién llegaban al pueblo. Los castillenses eran personas amables y colaboradoras, pero se mostraban desconfiados y esquivos ante nuevos visitantes.

Los Velásquez lograron encontrar una vivienda un poco alejada del grueso de la comunidad, una casa acogedora, algo vieja, pero suficiente para albergar a una familia de cuatro y comenzar una nueva vida. Jethro era minero, pero su fortaleza física le facilitó encontrar trabajo como peón de la empresa que estaba realizando los primeros asfaltados de las calles de Castillo. Aurelia se quedaría en casa cuidando a los niños y haciendo las de maestra de Anselmo, que por los problemas en su anterior pueblo y lo avanzado del año, debía esperar al próximo ciclo para ingresar a la escuela.

La segunda noche en Castillo, Jethro trabajó unas horas de más, con la idea de robustecer el pago al final de la quincena. Caminaba a su casa acompañado por las bombillas eléctricas que se hallaban cada 300 metros y comenzaban a encenderse para iluminar el camino. Al llegar a su casa, le pareció escuchar algo en la parte de atrás, como un golpeteo. Temiendo que fuese un coyote, se fue de puntillas para no asustar al animal, pero se dio cuenta de que el sonido provenía de las sábanas que su esposa había dejado en el tendedero junto a la ropa de los niños. Sintió tranquilidad y, por el cansancio del día, decidió entrar por la puerta de atrás, sin embargo, una fría gota le golpeó en la cara. Levantó la mirada y observó una gran nube, así que se devolvió para quitar la ropa del tendedero y evitar que se mojara si llovía. Entonces entró.

—Gracias —le susurró Aurelia desde el sillón, donde yacía durmiendo Anselmo, mientras que Jacinta lo hacía en sus brazos—. La cena está servida en la mesa.

Jethro tomó al pequeño y lo llevó a la cama, mientras que Aurelia le seguía los pasos con la niña. Luego se sentaron en la mesa para conversar.

—De momento casi nadie me habla, bueno, no hay tiempo de todos modos. El capataz es muy estricto. Pero algo me llamó la atención.

—¿Qué podría ser? Preguntó la mujer.

—En estos dos días escuche, al menos a tres compañeros, decir esta frase —hizo una pausa para masticar bien el bocado—: "Castillo es un lugar olvidado por Dios".

—"Olvidado por Dios". Hum, pues tienen una iglesia muy bonita. De seguro es un decir castillense. Acuérdate que allá solíamos decir…

—¡No lo repitas! —interrumpió Jethro levantando un poco la voz.

—Lo que quise decir, es que a lo mejor no es nada, además, Dios está en todos lados. ¿No crees?

—Sí, mujer. Tienes razón.

Esa noche, cerca de las doce, Jethro se levantó al escuchar un ruido en la sala. Junto a la ventana estaba Anselmo, ido mirando hacia afuera. Creyendo que quizás estaba caminando dormido, se acercó muy despacio y lo tomó por los hombros. El niño giró su cabeza hacia él.

—Alguien anda afuera, papá. Lo escuché desde mi cuarto.

—Anselmo, no creí que estuvieras despierto —dijo el padre mientras corría la cortina para asomarse por la ventana—. No veo nada afuera. Pudo ser un coyote. Dicen mis compañeros que a veces abandonan el bosque para buscar comida. Nunca salgas de noche, ¿entendido?

—Sí, papá. Pero no eran coyotes.

—¿Cómo lo sabes?

—Los coyotes no hablan.

Un frio recorrió el espinazo de Jethro al escuchar esa última frase. Le ordenó a Anselmo que fuera donde su madre y no salieran del cuarto, mientras él iba a la cocina para buscar el viejo revólver que ocultaba arriba de la alacena. Sin miedo, abrió la puerta principal y dio dos vueltas a la casa con el arma cargada, pero no logró divisar ninguna presencia. Entró de nuevo a la casa, confiado en que sólo fuera algún coyote que pasó merodeando la propiedad y que la imaginación de Anselmo le hubiera jugado una mala pasada.

Por la mañana, cuando salió para el trabajo, no pudo evitar el olor a orines que circulaba en el aire. Sabía que no eran de un animal, pero no podía asegurar que fueran humanos. Un hombre como él había estado en muchas cantinas y sabía cómo olían los orines en tierra, y lo que olio en su casa distaba de ello.

Al regresar del trabajo, esta vez sin horas extra, volvió a encontrar a su mujer en la sala con los dos niños dormidos. Anselmo era un niño con mucha energía y Jacinta demandaba muchos mimos, incluyendo el mantener limpias sus mantillas y su vestimenta. Una vez más, los fueron a acostar, a pesar de que el sol todavía no había dado sus últimos vestigios. Aurelia se puso a preparar la cena mientras que su esposo tomaba medidas afuera para, con el pago de la quincena, poner una cerca y evitar que entraran los coyotes.

Pasados unos minutos, un ruido en el camino le sacó de sus mediciones. A unos cien metros, circulaba en su bicicleta amarilla un hombre mayor, de cabello blanco, nariz respingada y aspecto desaliñado; con una linterna en la mano para iluminarse en las partes donde no había bombillas eléctricas. Desde ahí, balbuceaba algunas palabras y hacía señas con la mano que llevaba la linterna. Jethro dejó de lado lo que hacía y puso atención a las palabras del anciano que se iba acercando.

—¡La… la… ro… ro… pa! —gritaba tartamudeando, sin bajar la velocidad de su bicicleta— ¡Me… me… ta la… la… rrrrro… ppppa!

Solo eso decía mientras se alejaba poco a poco. Jethro miró hacia arriba, pero ni una sola nube amenazaba el firmamento que ya dejaba ver unas cuantas estrellas. Fue al patio y echó un ojo a las prendas que colgaban del alambre y no notó nada extraño. Permaneció quieto unos segundos. No había brisa en el lugar, nada que vaticinara que fuera a llover. Quizás es el loco que hay en todo pueblo, pensó. De pronto, Aurelia apareció en la puerta de atrás para indicarle que la cena estaba lista.

Avanzada la noche, la pareja cayó en cuenta que, desde que empezaron los problemas en su anterior pueblo, no habían pasado tiempo juntos. Los niños dormían plácidamente y era un hecho que Anselmo no despertaría para cenar y la pequeña Jacinta, según estaba acostumbrada, se despertaría en algunas horas para alimentarse. Viendo la oportunidad, Jethro pasó a la niña al cuarto de su hermano para poder tener intimidad con su mujer, que ya lo esperaba en su aposento en pocas ropas.

Al cabo de la media noche, el llanto de Jacinta los despertó. Era hora de alimentarla. Jethro tomó del brazo a su esposa para devolverla a la cama y con una sonrisa maliciosa trató de convencerla de no abandonar el cuarto.

—Escucha —dijo Jethro guardando un breve silencio—. Ya no llora más, se volvió a dormir.

—Igual se despertará pronto y despertará también a Anselmo. Mejor voy de una vez.

Aurelia se ajustó el camisón y salió en busca de su hija, pero se topó de camino con Anselmo, que se frotaba los ojos aun adormilado.

—Mi amor, disculpa que dejáramos a tu hermana contigo. Papá y mamá...

—¿Jacinta? Jacinta no está en mi cuarto —interrumpió el niño un poco más despabilado.

—Claro. Yo mismo la acosté ahí, hijo —recalcó Jethro, que ya se había incorporado con ellos en la sala.

—En mi cuarto no hay nadie, papá.

Ambos adultos corrieron hasta la habitación del niño y encendieron la luz. Para su desgracia, Jacinta no estaba ahí. Sin perder la calma aún, revisaron debajo de la cama por si la niña había caído al suelo y rodado hasta perderse de vista, sin embargo, tampoco estaba ahí. Ahora sí, la desesperación y el terror se apoderaron de la casa de los Velázquez. La pequeña de 10 meses había desaparecido.

Jethro se vistió y, con linterna en mano, hizo una revisión exhaustiva en el exterior de la casa junto a su esposa. Sabían que habían escuchado muy claro el llanto de la criatura y que era casi imposible que alguien hubiese ingresado a la casa para llevársela tan rápido, pero de igual manera salieron en su búsqueda.

Con el corazón hecho pedazos regresaron a la casa sin rastros de la bebé. Todo había sucedido tan rápido, que ninguno de los dos notó el fuerte olor a orines que se percibía en el patio. Jethro apuntó con la linterna hacia el suelo y miró cómo la rasa hierba lucía mojada. El cielo estaba despejado, así que la lluvia no era una opción. Jethro se inclinó y no soportó hacerlo por completo; el fuerte olor a orines le hizo vomitar. Miró hacia el tendedero y corrió a buscar algo con qué limpiarse.

—Jethro —dijo asustada su mujer, que había tomado la linterna para iluminarlo—, mira la ropa de Jacinta. ¡No está!

Los esposos habían olvidado meter la ropa antes de enfrascarse en la intimidad y había quedado ahí a la intemperie. Para su asombro, toda la ropa de la niña había desaparecido también.

—¡Tuvo que ser el anciano! —gritó enardecido Jethro, ante la mirada confusa de su mujer.

Luego de contarle lo sucedido horas antes con el hombre de la bicicleta, Jethro salió hacia el centro del pueblo para buscar la ayuda de la policía, mientras Aurelia cuidaba de Anselmo y esperaba que por un milagro su hija apareciera.

Era media madrugada y, cuando Jethro llegó a la comisaría, estaba cerrada. Supuso que andaban en ronda o atendiendo algún asunto. Mientras esperaba, se puso a cavilar sobre la desaparición de su pequeña, tratando de atar cabos que confirmasen su teoría de que había sido secuestrada el viejo. Al cabo de una hora, desistió de la espera y regresó a casa para ver si su mujer había tenido mejor suerte. A lo lejos, un par de focos le devolvieron la esperanza. Por media calle venían dos oficiales de policía que se tuvieron que devolver a la estación cuando su vieja patrulla sufrió un desperfecto mecánico cerca de la entrada a Castillo.

—¡Mi pequeña hija ha desaparecido! —gritaba mientras corría hacia ellos.

Los oficiales lo atajaron y trataron de calmarlo para que pudiera contarles cuál era su problema. Cuando llegó a la parte del misterioso anciano, ambos gendarmes se miraron a los ojos.

—¡El viejo Valdemar! —exclamaron al unísono.

—¡Debemos ir a su casa! —demandó Jethro.

—Un momento —dijo el oficial más viejo, haciendo un ademán con su mano para bajar el ímpetu de Jethro—, Valdemar es un hombre inofensivo, algo ermitaño, pero inofensivo. ¿Está seguro que él se robó a la niña?

Jethro no sintió seguridad para responder esa pregunta al oficial. No tenía ninguna prueba, solo una débil sospecha.

—¡Por favor, oficiales!

—Está bien, iremos a la casa de Valdemar y hablaremos con él. ¿Le parece?

Jethro hizo una pequeña reverencia como agradecimiento y se pusieron en marcha. De la estación a la casa de Valdemar había poco menos de dos kilómetros, en la misma dirección que la casa de los Velásquez, pero, la situación de apremio hizo que se sintiera aún más lejos.

El último tramo se encontraba desprovisto de iluminación, por lo que lo hizo lucir un poco tenebroso. La propiedad se encontraba en un altillo, desde donde Jethro pudo ver las luces encendidas de su casa. Los tres hombres llegaron hasta la puerta de la vivienda que lucía completamente en silencio. Jethro aguardaba detrás de los oficiales y uno de ellos tocó la puerta, que, tras el primer golpe, se abrió. Con las linternas iluminaron el interior, dejando ver las pocas pertenencias que tenía Valdemar en su sala: un vetusto sillón, una mesita con silla, un radio transistor y la bicicleta. En el cuarto un pequeño catre y un cenicero sobre un banco de madera que hacía las de mesita de noche. El resto de la casa la comprendían un pequeño baño y la cocina con muy mal aspecto. De pronto, un llanto infantil se escuchó afuera de la casa. A ciencia cierta, ninguno de los tres podría determinar de dónde provenía el sonido, entonces Jethro le arrebató la linterna a uno de los oficiales y salió corriendo de la casa en busca de su hija.

Los dos policías permanecieron adentro. Sabían que Valdemar era un viejo solitario, extraño, el típico loco del pueblo, pero para nada era un roba niños. Luego de revisar toda la casa, salieron en busca de Jethro, pero, al llegar a la puerta, escucharon un portazo en la cocina. Supusieron que él había regresado por la parte trasera, pero en su lugar se encontraba Valdemar, con la respiración agitada y la niña en sus brazos, envuelta en una manta blanca pero sucia, manchada con lo que parecía ser sangre.

—Valdemar, ¿qué has hecho? —preguntó el más joven de los policías.

—Yo… la… la… vi… —comenzó a hablar trabado el viejo y conforme se fue calmando, sus palabras fueron fluyendo para dar sentido a lo que estaba ocurriendo.

Jethro seguía buscando a la niña en los alrededores, completamente fuera de sí. Intentó recomponerse, pero aterraba tener regresar a casa sin su bebé, y enfrentarse al rostro de su mujer, sabiendo que la criatura que tanto les había costado engendrar, se les estaba siendo arrebatada en su propia casa. El llanto de Jacinta alertó a su padre. Sabía que venía de la casa del viejo Valdemar. Entonces echó carrera hacia allá.

Cuando entró a la vivienda, el oficial más joven sostenía a la bebé, mientras el otro hablaba con Valdemar. Al ver a su pequeña envuelta en ropas con sangre, se perdió. La furia le nubló el juicio y se abalanzó furibundo sobre el anciano dándole tantos golpes con la linterna que logró reventarle el cráneo. Ahí yacía Jethro, con el rostro salpicado de sangre y sesos, mientras el cuerpo del viejo Valdemar se estremecía hasta perder la vida por completo, todo esto ante la mirada atónita de los policías y el lloriqueo estridente de la niña.

Esa mañana, Castillo amaneció con dos desgracias a su haber: la de un hombre que buscaba dejar atrás sus problemas del pasado y darle un mejor futuro a su familia, pero que, en defensa de ella, acabó con la vida de otro hombre cuya única falta fue haber rescatado a la inocente Jacinta de las garras de una bruja que, de cuando en vez, salía a husmear por las noches los tendederos de las casas con el fin de atisbar ropa de algún infante para robárselo y luego satisfacer su hambre con él.

LA PREPOTENCIA DEL LÍDER
(1956)

Las calles de Castillo lucían en su máximo esplendor. El sol de media mañana potenciaba el color de los banderines y los globos que el Comité de la Fundación había puesto en ellas la noche anterior. Las casas, bellamente decoradas, trataban de ocultar las cicatrices que aún estaban presentes en su estructura. En la Plaza de la Fundación, todos los habitantes del pueblo esperaban con ansias la develación de la nueva estatua de Eleazar Castillo, su fundador. A pesar del bullicio y el jolgorio, los habitantes del pueblo tenían aun fresco en su memoria el triste recuerdo de aquel 5 de junio de 1946, cuando un fuerte terremoto azotó al pueblo de Castillo.

El sismo de 7.5 grados provocó que el lugar cayera en un estado de caos y desolación. Las calles que antes estaban llenas de vida se colmaron de escombros y polvo, los pocos edificios que existían, como la iglesia y la alcaldía, fueron reducidos a ruinas y las estructuras que alguna vez fueron sólidas se fracturaron y derrumbaron. Por suerte el hospital, a escasos 5 años de su inauguración, soportó los embates del furioso seísmo. Las casas que lograron resistir, quedaron con grietas profundas y paredes desmoronadas. El corazón del pueblo, donde se ubicaba la Plaza de la Fundación, también se vio afectado; la estatua de Eleazar Castillo, un símbolo de orgullo para los castillenses, se mantuvo en pie, como testigo silente del cataclismo, pero con serios daños en su estructura.

Un año después de la tragedia, Castillo todavía intentaba reponerse estructural y mentalmente. La lenta reconstrucción era palpable, las bajas civiles fueron pocas pero inolvidables, el ánimo de sus habitantes rozaba los suelos, por eso, cuando se dio la noticia de la develación de la nueva estatua, los castillenses no dudaron en unirse al festejo. Semanas después del terremoto, las autoridades valoraron el estado estructural del monumento y consideraron peligroso que, debido a los daños sufridos en la base, la imagen de su fundador fuera a desplomarse, ya fuera con el tiempo o por causa de otro movimiento telúrico. Por eso, fue retirada del lugar y la enviaron a las bodegas del ayuntamiento. En su lugar, contrataron a un escultor para que hiciera una nueva estatua y reemplazar a la antigua, manteniendo el tamaño, forma y estética de la original.

La develación del nuevo monumento mantenía la atención de todos en la plaza. La banda de Solana, un pueblo vecino, pero a mucha distancia, amenizaba con su música el ambiente, mientras que las figuras distinguidas de Castillo, entre ellas la hija de Eleazar y su nieto, aguardaban en la tarima a que todo estuviera listo para mostrar, con orgullo, la representación del hombre que había establecido el primer asentamiento del pueblo en ese preciso lugar. Uno de los encargados giró la señal a la banda para que detuviera la música y así dar paso a las palabras del alcalde que tomó sendos minutos para hacer un repaso de todo lo sucedido, aunado a algo que parecía, ciertamente, propaganda electoral.

A las 11:00 de la mañana en punto, el representante de todos los castillenses tomó las tijeras y cortó el mecate que mantenía sujeta la manta protectora de la imagen y la haló hasta abajo. Si la develación hubiese sido en la noche, la sonrisa de los castillenses habría iluminado todo el pueblo, incluso se podría haber visto desde el desvío en la carretera. Atrás quedaba el terror de aquella fatídica noche, gracias a la figura tallada en piedra que representaba el espíritu castillense, que se imponía en la plaza con sus más de dos metros de altura, con su mano derecha hacia arriba y puño cerrado en forma victoriosa.

La ola de aplausos y vítores no se hizo esperar, los gritos de grandes y chicos inundaron el espacio de tal manera que hasta las aves abandonaron sus cómodos lugares en la copa de los árboles. Sin embargo, hubo un problema que sólo unos cuantos detectaron. La estatua, prácticamente una réplica exacta de la anterior, lucía diferente en el rostro.

La figura original había sido esculpida por Federico López; famoso escultor castillense y amigo íntimo de Eleazar, que había hecho el trabajo en 1933 tras la muerte de su amigo, para después marcharse a Pennywalt. Luego regresó en 1944 y se convirtió en una de las víctimas del terremoto dos años después. López conocía de memoria la cara de su amigo, no obstante, el nuevo escultor solo contó con unas cuantas fotografías de referencia y eso dio al traste en su intento de plasmar con exactitud del rostro del señor Castillo.

Por suerte para las autoridades, el éxtasis del pueblo, sumado al sol que gracias a su posición les daba en la cara, hizo que este hecho pasara desapercibido para la mayoría, siendo los únicos en percatarse aquellos que estaban en la tarima. Claro está, no pasaría mucho tiempo antes de que algún vecino meticuloso prestara atención al groso detalle y corriera la voz, generando el disgusto popular y recayendo la responsabilidad en el alcalde. Por ese motivo, al día siguiente, el edil mandó a crear un pedestal más alto para la estatua, con el fin de dificultar la visibilidad sobre el rostro del caudillo, además, sembró el rumor de que el broche de oro de una de los invitadas se había perdido durante la festividad y que esta había ofrecido una fuerte recompensa a quien lo encontrase, asegurándose así que, por un buen tiempo, los castillenses mantuvieran la vista en el suelo buscando la pieza dorada y no admirando la estatua de Eleazar Castillo. Dicha estrategia funcionó a la perfección y, pasada una semana, nadie había notado ningún detalle en la estatua.

Por aquellos felices días, algunas personas continuaban acercándose a la Plaza de la Fundación en busca del ficticio broche, con la fe de toparse con él y reclamar el pago por su retorno. En ocasiones, una imagen muy graciosa se presentaba, cuando castillenses y palomas deambulaban por el lugar en similar postura, unos buscando en el suelo el broche y las otras buscando restos de pan o maíz.

Un lunes, cuando apenas comenzaba a despuntar el alba, el joven repartidor de periódicos de "El Castillense" se disponía a distribuir el semanario a lo largo del pueblo con su bicicleta, pero hizo una parada en la plaza para probar suerte y ver si encontraba el accesorio dorado que le sacaría de su pobreza. Comenzó a dar pasos cautelosos, consciente de no pisarlo y causarle daño, hasta que llegó a los pies de la nueva estatua. Entonces levantó la mirada y palideció. Tembloroso, tomó su bicicleta dejando desperdigados los periódicos a lo largo de la plaza y rodó con dirección a la oficina de la policía. A su paso veloz por la calle, el joven iba dejando una estela de polvo que le daba un tono lúgubre a los alrededores de la plaza. Las cuatro cuadras que distanciaban el punto de reunión de los castillenses con la oficina de la policía se le hicieron una eternidad. A escasos metros de llegar se tiró de la bicicleta y corrió hasta la puerta de los oficiales y la tocó desaforado. Un policía gordo y adormilado le abrió la puerta y farfullando le preguntó a qué se debía su presencia.

—¡No está! —gritó el joven— ¡Se ha ido! ¡No está!

—¿Quién no está? —preguntó el oficial, aturdido por los gritos del repartidor.

—¡La estatua! ¡Se robaron la estatua de don Eleazar!

Media hora después, la plaza estaba llena de curiosos, observando el pedestal vacío, lanzando conjeturas y teorías sobre qué o quién se habría llevado la pesada imagen de piedra.

—Algún enemigo de Castillo debió aprovechar la clandestinidad de la noche para cometer este acto atroz —sentenció el alcalde—. Esos hijos de… Solana no son de fiar.

—Señor —replicó el jefe de la policía—, la estatua mide más de dos metros y pesa 450 kilos. Es casi imposible que se la hayan llevado sin hacer siquiera una pizca de ruido y sin dejar rastro.

—¿Entonces? —exclamó airado el político— ¿Dónde está la estatua?

—No lo sé señor, pero debe estar aun en Castillo. Mi casa está cerca de la entrada al pueblo y como usted sabe, Castillo solo tiene una entrada y salida. Hasta el hombre con el dormir más pesado pudo ver su sueño interrumpido por el ruido de algún camión o coche cargando algo de tanto peso. El camino es de piedra, es imposible que no hiciera ruido.

—Ordene a sus hombres que busquen por todo Castillo, desde la entrada hasta la casa que están levantando los Rivera y por todo lo ancho.

—Conmigo sólo somos tres hombres y un par de caballos, nos tomará hasta la noche recorrer todo Castillo.

—¡Por Dios! —vociferó el alcalde— ¡No estamos buscando el maldito broche! ¡Estamos buscando una estatua de dos metros y 450 kilos! ¡Llévese a uno de mis hombres y…

—¡Oigan! —interrumpió jadeante el viejo Genaro, encargado del cementerio de Castillo, que se abría paso entre el gentío— ¡Algo ha pasado en el cementerio!

—Ahorita estamos en algo más importante —dijo el alcalde—. Estamos iniciando la búsqueda de…

—Precisamente eso es, señor —explicó Genaro, quitándose la gorra de la cabeza—. Lo que andan buscando está en el cementerio.

Imposible bajo cualquier ley natural. Así describieron las autoridades del pueblo la aparición de la estatua de Eleazar Castillo en medio del cementerio. Estaba intacta, sin un solo rasguño, sin una sola mancha de suciedad. Nada alrededor de la estatua evidenciaba cómo llegó hasta ahí; ni marcas de ruedas, ni pisadas que no fueran las del sepulturero, ni huellas de cascos de caballo, ni daños en las tumbas, ni una sola flor deshojada. Nada. Caso contrario a lo que ocasionó el traslado nuevamente hasta la plaza; dejando como saldo una estela de destrucción en el cementerio. Fue como si la mano de Dios hubiese tomado la figura de piedra por la cabeza, como se toman las piezas de ajedrez, y la hubiese colocado justo en medio del camposanto declarando jaque mate. Sin duda alguna, un hecho fuera de toda lógica.

Al medio día no había más tema del qué hablar que no fuera de este incomprensible capítulo. Los castillenses, en cualquier rincón del pueblo, lanzaban las más locas teorías, desde que era un castigo de Dios por rendir pleitesía a una imagen secular, hasta que seres del cielo fueran los encargados de gestionar tal movimiento. Sin embargo, no hubo forma de averiguar realmente qué sucedió, cómo se hizo y quién estaba detrás de tan enigmático traslado.

Lamentablemente, este acontecimiento no vino solo, sino que se acompañó de una terrible plaga de ratas de color pardo. Estos roedores, más grandes de lo normal y con ojos rojos como fuego, aparecieron la noche del mismo día en que la estatua retornó a su lugar original. Al principio, los castillenses se mostraron curiosos, pensando que se trataba de algún extraño fenómeno natural. Sin embargo, la situación rápidamente se tornó más alarmante cuando la población de ratas aumentó de manera exponencial.

Las ratas pardas comenzaron a infestar las casas, las calles y los almacenes del pueblo. Los cultivos fueron devorados rápidamente, dejando a los agricultores sin su sustento y causando preocupación ante una inminente escasez de alimentos. Los habitantes intentaron de todas las formas posibles deshacerse de la plaga, pero cada esfuerzo parecía ser en vano. Las ratas eran demasiado astutas y esquivas, lo que dificultaba su exterminio. El pueblo entero se unió en una lucha desesperada contra la invasión, utilizando trampas, venenos y ahuyentadores, pero las ratas parecían multiplicarse aún más rápidamente. Hasta que una mañana, por fin, las ratas desaparecieron. Pero no sólo la inmunda plaga se había marchado; la estatua del fundador tampoco estaba en el pedestal.

—Señor —reportó el jefe de la policía—, la estatua apareció en la entrada del pueblo. Igual que la vez anterior, no hay rastros que nos indiquen cómo la llevaron hasta ese lugar.

—¿Cuándo son las próximas elecciones? —preguntó el alcalde.

—¿Qué? —contestó confundido el oficial— El próximo año, señor.

—Esto no se ve nada bien para mí: una estatua defectuosa que desaparece de la nada, plagas de ratas. Debemos hacer algo.

—Dígame, señor.

—Mire, va usted a escribir una nota anónima y la va a dejar a las afueras de *El Castillense*, cuando nadie lo mire. La nota debe decir: se lo merecen malditos pueblerinos.

—¿Y eso para qué, señor?

—Si no sabemos quién está detrás de todo esto, tendremos que inventarnos un enemigo, para que el pueblo crea que se trata de él y no de algo más allá de nuestro entendimiento, así ganaremos tiempo mientras resolvemos el dilema de la estatua —dijo convencido—. Y si nada más sucede, buscamos algún chivo expiatorio y quedo, perdón, quedamos como los salvadores.

Los políticos saben aprovechar muy bien las situaciones adversas, y esta no era la excepción. Con la estatua nuevamente en su lugar, la nota anónima siendo de conocimiento público y Castillo volviendo a la normalidad, el alcalde estaba satisfecho, mas no por mucho tiempo. Días después del retorno de la estatua, los niños del pueblo empezaron a desvanecerse sin dejar rastro, sumiendo a los padres en el tormento y la desesperación de una pérdida inexplicable. Primero fue un niño, luego dos, al día siguiente tres y así sucesivamente. Las autoridades de Castillo estaban sumidas en la impotencia y, aun así, el alcalde se negaba a pedir ayuda de afuera. Nadie quería salir de sus casas, las clases se suspendieron en la escuela y la gente dejó de ir a trabajar para quedarse junto a sus hijos. Incluso hubo padres que se ataron a sus pequeños y vieron tristemente como en cuestión de segundos se esfumaban. En la capilla, que funcionaba como iglesia, se reunían las personas que no tenían hijos a orar, pero las desapariciones no cesaban. Las calles estaban llenas de llanto y dolor, a tal punto que entre los habitantes se decían que Castillo se había vuelto un pueblo olvidado por Dios.

Al pasar de los días, los niños dejaron de desaparecer y con ello desapareció, una vez más la estatua de Eleazar Castillo, para luego ser encontrada obstaculizando el paso en la desviación que comunicaba la carretera nacional y el camino que llevaba al pueblo. Para ese momento, el ánimo de los castillenses estaba amilanado. Los mismos creían que lo que estaban viviendo era causado por alguna maldición; situación que, una vez más, aprovechó el alcalde para beneficiarse.

Con ayuda de los oficiales, colocó brujerías a lo largo del pueblo para luego echarle la culpa a sus vecinos de Solana, Pennywalt y Millerfield, y como sabía que estaban a muchos kilómetros de distancia de Castillo, esa falsa acusación no le generaría problemas en el corto plazo. Además, ordenó reforzar la base de la estatua con enormes clavos de acero con el firme propósito de que no volviera a desaparecer.

Esa noche, el fulgor ominoso de la luna bañaba la estatua de Eleazar Castillo. La plaza se había acordonado para evitar que cualquier persona se acercara, mientras la imagen era custodiada por uno de los policías.

Hasta la media noche todo marchaba con una serenidad pasmosa, escuchándose ligeramente el movimiento de algunas palomas anidadas en los árboles alrededor de la plaza. Presa del cansancio, el custodio dormitaba de pie a ratos y era despertado por el golpeteo que le daba su linterna en la pierna, ocasionándole un gran sobresalto. Entonces sacaba un pequeño cilindro metálico con una mezcla de café y licor, y daba pequeños sorbos para mitigar el frio y el sueño.

En una de tantas, cuando enroscó el tapón de su botella, sintió un leve estremecimiento, no en su cuerpo, sino en el piso. Guardó la calma y se quedó inmóvil unos segundos, tratando de discernir qué era lo que había sentido: un temblor, un mareo, nervios quizá. Tras unos minutos, otra vibración volvió a alertar todos sus sentidos, esta vez acompañada de un golpeteo metálico y hueco. Creyó intuir de dónde provenía la fuente de aquel sonido y con precaución se acercó a la estatua. Encendió su linterna iluminando la base del monumento y miró como, de manera inexplicable, los enormes clavos de acero se estremecían como queriendo abandonar el concreto del pedestal. Más que asustado, el policía corrió lo más rápido que pudo hasta la casa del alcalde para informarle de lo que estaba sucediendo en la plaza.

Minutos después, el alcalde, los policías y uno que otro vecino que, alertados por el movimiento en la plaza, estaban frente a la estatua, admirando con estupor cómo los clavos estaban, cada vez más, abandonando sus cavidades.

—¡Esto debe ser obra de nuestros vecinos! —exclamó el alcalde, tratando de opacar el hecho sobrenatural que tenía frente a sus narices.

La estatua del fundador comenzó a moverse con brusquedad, como si tuviera vida propia, provocando que los presentes salieran corriendo, dejando en solitario al líder político. De pronto, sin que mediase una sola nube en el negro cielo, un fulminante rayo cayó sobre la figura de piedra, liberando una fuerza que generó una lluvia de añicos y una nube de polvo que inundaron toda la plaza. La explosión despertó al pueblo castillense obligándolos a salir de sus casas, y al ver la columna de polvo que se elevaba desde la plaza, se dirigieron hacia ella.

Con el pasar de los minutos el panorama se iba aclarando, las luces de la plaza comenzaban a sobresalir y daban paso a la triste escena: la estatua de Eleazar Castillo había quedado completamente destruida y, bajo los restos de piedra y concreto, yacía el cuerpo sin vida del alcalde.

En esta ocasión, ningún castillense se atrevió a esgrimir, ni por atisbo, una teoría de lo suscitado esa noche, sin embargo, dos días después, los habitantes del pueblo decidieron sacar de la bodega la estatua dañada de Eleazar Castillo y restaurarla. Luego la devolvieron al lugar que pertenecía sin protocolo alguno y, solo así, las cosas volvieron a la normalidad.

CASTILLO
(1893)

El sonido de la carreta y los cascos del caballo irrespetaban el silencio que reinaba en la planicie. El sol calcinante de medio día los obligó a parar para darle descanso al pobre jamelgo.

—Adelaida, este podría ser un buen lugar para establecernos —exclamó Eleazar con felicidad, pasándose la mano por la frente para quitarse el sudor.

La mujer asomó la cabeza por fuera de la carreta y echó un largo vistazo. Luego la metió de nuevo para acomodarse y salir por completo.

—Parece apropiado, mi amor —le respondió, mientras acariciaba su abultado vientre—. La criatura que llevo dentro será feliz cuando crezca y sepa que su padre logró establecer un nuevo pueblo solo para ella.

—Será un lugar como ningún otro: próspero, alegre, amistoso. Donde las personas vengan a vivir y nunca sientan ganas de marcharse y que, quien se vaya siempre sienta ganas de volver.

—Así será —dijo, tomando a su esposo de la mano—. ¿Y cómo llamarás a este precioso lugar?

—Este lugar llevará mi apellido, el mismo de mi padre y de mi abuelo: Castillo.

—Y muy pronto el de tu hija.

—No, mujer. Un niño será. Lo siento en mis venas.

—Y yo en mi vientre, Eleazar.

Eleazar levantó su mano con la palma abierta, con la firme convicción de abofetear a su esposa, pero se contuvo cuando la mirada sin miedo de Adelaida se le plantó.

—Un niño será. Todos los primogénitos Castillo han sido varones. Esta no será la excepción.

Eleazar Castillo era un hombre de armas tomar, valiente, robusto y con fama de buen cazador, pero altanero y ambicioso a la vez. Había abandonado su tierra natal en busca de un lugar donde establecerse bajo sus propias reglas, donde él pudiese gobernar. Por eso llevaba días en paso errante, junto a su mujer embarazada, tratando de encontrar una tierra apta para asentarse y echar raíces. Fue así que llegó a este apartado paraje, muy lejos de otros pueblos, rodeado de frondosos bosques y montañas majestuosas. Quedó encantado por la belleza del lugar y decidió que allí construiría su casa y su pueblo.

Un mes después, Eleazar, con la ayuda de algunos ayudantes que logró contratar en Solana, el pueblo menos lejano a esas tierras, había erigido una casa, justo a tiempo para que su mujer diera a luz, sin sospechar que todo ese tiempo, él y sus hombres, fueron observados por una misteriosa presencia que se ocultaba en los alrededores.

Una noche, cuando él y su esposa se disponían a dormir, tocaron a la puerta tres veces. Los hombres que ayudaban, ahora con la construcción de un granero, se habían marchado temprano y no volverían hasta en dos días. Ambos permanecieron en silencio unos segundos, hasta que la puerta volvió a ser golpeada tres veces.

—Quizás tuvieron problemas en el camino —dijo Adelaida.

—No lo creo —refutó Eleazar, que ya sacaba el revolver que ocultaba bajo la almohada.

Por tercera vez la puerta sonó.

—¿Quién osa molestar a estas horas? ¡Preséntese!

—¿Quién osa molestar a estas horas? ¡Preséntese! —repitió una voz débil y ronca desde afuera, al tiempo que la puerta sonaba por cuarta ocasión.

Eleazar tomó esto como una afrenta y, furioso, saltó de la cama para posarse frente a la puerta con una lámpara en su mano izquierda y el arma en la derecha.

—¡Preséntese! —gritó, acompañado del sonido cuando haló el martillo del revólver.

—Váyase de mi casa —respondió la voz.

Eleazar hizo un gesto de extrañeza pues era reciente la construcción de la misma y bajo su propio cargo. Además, sabía que en ese lugar no habitaba nadie en kilómetros a la redonda.

Pensando que la nocturna visita podría tratarse de la emboscada de algún desconocido, abrió la puerta rápidamente y apuntó su arma a quién estuviese al otro lado. La luz de la lámpara permitía ver a una mujer mayor, de baja estatura, no más alta que él, abrigada con ropas negras, de rostro amable y cabellos enmarañados que alternaban entre negros y plateados

—Buenas noches, mi señor —dijo la extraña—. Usted y su familia han ocupado estas tierras sin consentimiento. Ruégole, después de que su mujer dé a luz a la niña, que tengan a bien retirarse.

Eleazar no sabía qué le había impactado más de las palabras que acababa de escuchar: si la solicitud de la anciana para irse del lugar o el hecho de que se hubiese referido a la criatura que llevaba su esposa en el vientre como "la niña".

—No la conozco, mi señora —replicó Eleazar, dejando de apuntarla con el arma—. Estas tierras, desde más allá del camino, no pertenecen a nadie. Sírvase usted decirle a su esposo que venga por la mañana para conversar sobre este asunto. Y si tiene papeles que avalen lo que usted me está diciendo, haga bien en traerlos.

—¡Estas tierras son mías y de nadie más! ¡Ondag heberor! —respondió alterada y luego dio un soplo que apagó la lámpara de inmediato.

—¡Largo de aquí, anciana! —vociferó Eleazar y cerró la puerta de golpe.

No había dado dos pasos de regreso a su cuarto, cuando la puerta recibió tres fuertes golpes que hicieron cimbrar toda la casa. Era imposible que la misteriosa mujer hubiese manoteado con tal fuerza la puerta, era como si tres o cuatro hombres fornidos fuesen los responsables.

Eleazar volvió sobre sus pasos, encendió de nuevo la lámpara y abrió la puerta, pero la mujer ya no estaba. Le dio una vuelta a la propiedad sin poder atisbar a nadie más. Algo alterado, ingresó de nuevo y fue directo a su cuarto, donde lo esperaba Adelaida en la cama, pálida, retorciéndose de dolor. Estaba a punto de dar a luz.

Por la mañana, los gritos de una criatura recién nacida inundaron la casa de los Castillo. Tras horas de labor de parto con la mísera ayuda de su esposo, Adelaida concibió a una hermosa niña, que nombraron Élida. Para Eleazar, el hecho de que su primogénito fuera una mujer, significaba una gran derrota. Por generaciones, los varones siempre habían sido los hijos mayores, encargados de preservar el apellido Castillo y, ahora, veía roto ese ciclo.

Los días pasaron y no se supo más de la mujer. Eleazar, junto con los otros hombres, había logrado terminar el granero y cavar un pozo que les brindaría agua. En los otros pueblos, se había corrido la voz de que un hombre estaba levantando un nuevo asentamiento, animando a varios a dejar sus casas y empezar una nueva vida.

Una noche, los Castillo dormían tranquilos, hasta que la niña comenzó a llorar con insistencia. Nada de lo que hacían sus padres lograba calmarla y, por el contrario, parecía que cada remedio atizaba más su llanto. De pronto, la puerta sonó tres veces y la niña cesó de lloriquear. Era como si el sonido de los golpeteos hubiese actuado en forma mágica. Eleazar, sabiendo quién era, le ordenó a su mujer que se mantuviera dentro del cuarto y se fue a atender a la misteriosa mujer.

—La niña ya nació —dijo la anciana—. Esta tierra me pertenece. ¡Fuera de aquí!

—Nunca me iré de este lugar. Ni yo ni mi familia —respondió Eleazar y tiró la puerta en sus narices.

Al día siguiente, Eleazar salió al pozo para llevar agua a la casa antes que se presentaran los trabajadores. Para su sorpresa, el agua que subió en el balde estaba fétida, como si el pozo se hubiese convertido en una letrina. Pensó que quizá alguno de los trabajadores tuvo el atrevimiento de hacer sus necesidades ahí, pero recordó que se habían marchado desde el sábado y durante el tiempo que no estuvieron él sacó agua en varias ocasiones. Sin explicación posible, se fue al granero a ordeñar la vaca que había comprado días atrás y así tener leche para beber.

Cuando comenzó a apretar las ubres de la vaca, de ellas emanó sangre de un color rojo intenso y desprendiendo un olor asqueroso. Lleno de ira, tiró el balde y se marchó hacia la casa. Es una bruja, pensó. Había muchas historias de brujas en las tierras lejanas, pero nunca se imaginó toparse de frente con una de ellas. Nunca se había dejado gobernar por una mujer y mucho menos permitiría que una de ellas le sacara de su hogar. Fue así que urdió un plan para deshacerse de la anciana la próxima vez que le visitara.

Al final de la semana, la mujer apareció una vez más frente a su casa. Tenía todo tan bien planeado que no la dejó tocar siquiera dos veces a la puerta.

—Mi señora —dijo con aires de amabilidad—. Yo sé quién es usted. Sé qué es usted. He pensado muy bien las cosas y quisiera proponerle un trato que nos beneficiará a ambos.

—No quiero ningún trato, sólo quiero que se vaya de mis tierras. Usted y sus hombres han...

—Le daré a mi hija —interrumpió Eleazar.

Era bien sabido que las brujas sentían una enorme atracción por los infantes, por eso, los ojos de la mujer adquirieron un brillo tenebroso cuando escuchó esas palabras.

—¿A cambio de qué? —respondió.

—Déjame gobernar estas tierras. Permíteme levantar un pueblo en este lugar y que, con el tiempo, llegue a ser la envidia de todos; que de otros lares busquen vida aquí. Y dame larga vida para que mis ojos puedan ver cómo este lugar se vuelve grande y poderoso.

—Dame a la niña y yo me retiraré con ella a lo más recóndito del bosque. Cumpliré mi parte del trato y nunca más volverás a saber de mí.

Eleazar, sabiendo que su esposa dormía, tomó a Élida y se la entregó a la mujer, que de inmediato se retiró. Luego se puso su abrigo y salió detrás de ellas. Aprovechando sus dotes de buen cazador, había bañado a la criatura en un perfume de olor dulce pero fuerte, con el propósito de seguir su rastro hasta la casa de la mujer. Pasaron muchas horas y, aunque no podía verlas, el aroma de la niña lo iba guiando en la oscuridad del bosque.

Al tiempo, arribó a lo que parecía una choza abandonada, pero en cuyo interior se podía notar el leve baile de una llama. Con mucho silencio se acercó a una de las ventanas y vio a la mujer con Élida aun en brazos. Pensó muy bien el siguiente paso y se posó en la entrada, dispuesto a tocar la puerta.

—¿Qué buscas, Eleazar Castillo? Aquí no hay nada que te pertenezca —dijo la mujer desde el interior de la casa, antes que él hiciera contacto con la puerta.

—Mi señora, quiero que me devuelva a Élida —respondió con un tono de arrepentimiento—. Su madre está sufriendo. Si me la devuelve, mañana mismo nos iremos de este lugar.

La anciana, que alguna vez fue madre también, sintió compasión, no de él, sino de su mujer. Se acercó a la puerta y la abrió. Eleazar esgrimió una sonrisa y extendió los brazos para recibir a la niña. La anciana la entregó ante la posición sumisa del padre.

—Gracias, mi señora —dijo, para luego empuñarle su revólver contra el pecho.

El sonido que provocó el disparo hizo llorar a la niña, mientras la mujer caía de espaldas sobre el piso. Eleazar creyó haber acabado con la anciana; guardó su arma, aún humeante, acomodó a su hija y dio media vuelta para abandonar la choza.

—¡Oh, Eleazar Castillo, insensato y traidor! —balbuceó la mujer, de cuya boca emanaba sangre—. Tu destino está sellado, no encontrarás redención. En este lugar quedarás para siempre, condenado a vivir en la sombra y la penumbra eterna. Tu familia y tú, atados a esta tierra maldita, cada generación sufriendo el peso de mi ira infinita. Incluso después de la muerte tu alma será testigo firme de la caída de este lugar.

—Maldita anciana, no creo en tus palabras.

—Ondag heberor, oshelam sernad, liferyad loshmar, padrellum astad —promulgó la anciana con su último aliento—. Cada persona que pise esta tierra maldita, condenada será, para siempre afligida.

Desde aquel día, Eleazar y su familia quedaron atrapados en aquel lugar. La maldición de la anciana les impidió abandonar el valle y los condenó a vivir allí hasta el fin de sus días.

Sin embargo, la maldición permitió que el pueblo de Castillo se desarrollara y prosperara a través de los años, hasta llegar a convertirse en un lugar casi tan grande como una ciudad, pero que cada cierto tiempo era sacudido por el infortunio y la desgracia, siempre bajo la ignorancia de sus moradores, que nunca llegaron a saber lo que realmente aconteció entre su fundador y la anciana dueña de esas tierras.

Eleazar Castillo, una vez un hombre de aspecto robusto y fuerte, se fue marchitando bajo la maldición. Su cabello se volvió gris y sus ojos perdieron el brillo de la juventud. Cada noche, hasta el día de su muerte, sus sueños fueron atormentados por la figura de la anciana, quien le recordaba constantemente la traición que había cometido.

Y así fue como nació Castillo, sobre los cimientos de la traición, la soberbia y la ambición. Un lugar que ni siquiera Dios se atrevía a visitar.

AGRADECIMIENTOS

Como siempre, a mi esposa e hijos, porque siempre que empiezo un proyecto, son los primeros en darme su apoyo. ¡Los amo!

A **Le Fernández** porque me ha acompañado durante la producción de este libro y me ha dado los mejores consejos. A **Diana Vargas Castillo** por su apoyo y motivación. ¡Abrazos!

A quienes hicieron de lectores beta en una o varias de las historias: **Le Fernández, Cinthia Montelli, Marlene Romero, Krysthel Sossa, Federico López, Jhoss Durán, Maria Florencia Rodríguez, Cinthia Delgado, Marjorie Masís y Dayanne Cruz**. ¡Gracias por todos sus aportes!

Y a los que de una u otra forma de dan su apoyo todos los días.

A todos, ¡muchas gracias!

Made in the USA
Columbia, SC
16 October 2023

94f9e6e6-b59a-4ed4-bcc1-34843cebf520R01